AF197920

Tucholsky Wagner Zola Scott Sydow Freud Schlegel
Turgenev Wallace Fonatne
Twain Walther von der Vogelweide Fouqué Friedrich II. von Preußen
Weber Freiligrath Frey
Fechner Fichte Weiße Rose von Fallersleben Kant Ernst Frommel
Richthofen
Engels Fielding Hölderlin
Fehrs Faber Flaubert Eichendorff Tacitus Dumas
Maximilian I. von Habsburg Fock Eliasberg Ebner Eschenbach
Feuerbach Ewald Eliot Zweig Vergil
Goethe Elisabeth von Österreich London
Mendelssohn Balzac Shakespeare Dostojewski Ganghofer
Lichtenberg Rathenau
Trackl Stevenson Doyle Gjellerup
Mommsen Tolstoi Hambruch
Thoma Lenz Hanrieder Droste-Hülshoff
Dach von Arnim Hägele
Verne Hauff Humboldt
Reuter Rousseau Hagen
Karrillon Garschin Hauptmann Gautier
Damaschke Defoe Hebbel Baudelaire
Descartes
Hegel Kussmaul Herder
Wolfram von Eschenbach Dickens Schopenhauer
Darwin Melville Rilke George
Bronner Grimm Jerome
Campe Horváth Aristoteles Bebel Proust
Bismarck Vigny Barlach Voltaire Federer Herodot
Gengenbach Heine
Storm Casanova Lessing Tersteegen Gilm Grillparzer Georgy
Chamberlain Langbein
Brentano Lafontaine Gryphius
Strachwitz Claudius Schiller Kralik Iffland Sokrates
Schilling
Katharina II. von Rußland Bellamy
Gerstäcker Raabe Gibbon Tschechow
Löns Hesse Hoffmann Gogol Wilde Gleim Vulpius
Luther Heym Hofmannsthal Klee Hölty Morgenstern
Roth Heyse Klopstock Goedicke
Luxemburg Puschkin Homer Kleist
La Roche Horaz Mörike Musil
Machiavelli
Navarra Aurel Musset Kierkegaard Kraft Kraus
Nestroy Marie de France Lamprecht Kind Kirchhoff Hugo Moltke
Laotse Ipsen Liebknecht
Nietzsche Nansen Marx Ringelnatz
von Ossietzky Lassalle Gorki Klett Leibniz
May vom Stein Lawrence Irving
Petalozzi Platon Knigge
Pückler Michelangelo Kafka
Sachs Poe Liebermann Kock
de Sade Praetorius Mistral Zetkin Korolenko

Der Verlag tredition aus Hamburg veröffentlicht in der Reihe **TREDITION CLASSICS** Werke aus mehr als zwei Jahrtausenden. Diese waren zu einem Großteil vergriffen oder nur noch antiquarisch erhältlich.

Symbolfigur für **TREDITION CLASSICS** ist Johannes Gutenberg (1400 — 1468), der Erfinder des Buchdrucks mit Metalllettern und der Druckerpresse.

Mit der Buchreihe **TREDITION CLASSICS** verfolgt tredition das Ziel, tausende Klassiker der Weltliteratur verschiedener Sprachen wieder als gedruckte Bücher aufzulegen – und das weltweit!

Die Buchreihe dient zur Bewahrung der Literatur und Förderung der Kultur. Sie trägt so dazu bei, dass viele tausend Werke nicht in Vergessenheit geraten.

Die falsche Geliebte

Honoré de Balzac

Impressum

Autor: Honoré de Balzac
Übersetzung: Oppeln-Bronikowski
Umschlagkonzept: toepferschumann, Berlin

Verlag: tredition GmbH, Hamburg
ISBN: 978-3-8424-0323-9
Printed in Germany

Rechtlicher Hinweis:
Alle Werke sind nach unserem besten Wissen gemeinfrei und
unterliegen damit nicht mehr dem Urheberrecht.

Ziel der TREDITION CLASSICS ist es, tausende deutsch- und
fremdsprachige Klassiker wieder in Buchform verfügbar zu
machen. Die Werke wurden eingescannt und digitalisiert. Dadurch
können etwaige Fehler nicht komplett ausgeschlossen werden.
Unsere Kooperationspartner und wir von tredition versuchen, die
Werke bestmöglich zu bearbeiten. Sollten Sie trotzdem einen Fehler
finden, bitten wir diesen zu entschuldigen. Die Rechtschreibung der
Originalausgabe wurde unverändert übernommen. Daher können
sich hinsichtlich der Schreibweise Widersprüche zu der heutigen
Rechtschreibung ergeben.

Text der Originalausgabe

Honoré de Balzac

Die falsche Geliebte

La fausse Maltresse, deutsch von Friedrich von Oppeln-Bronikowski

Im September 1835 heiratete eine der reichsten Erbinnen des Faubourg Saint-Germain, Fräulein du Rouvre, einzige Tochter des Marquis du Rouvre, einen jungen polnischen Verbannten, den Grafen Adam Mizislas Laginski. Man gestatte mir, die Namen so zu schreiben, wie sie gesprochen werden, denn ich möchte den Lesern den Anblick der Verschanzungen von Konsonanten ersparen, mit denen die slawische Sprache ihre Vokale umgibt, sicherlich damit sie bei ihrer geringen Zahl nicht verloren gehen. Der Marquis du Rouvre hatte eins der schönsten Adelsvermögen, dem er seine Verbindung mit einem Fräulein von Ronquerolles verdankte, fast völlig vergeudet. Durch sie hatte Clementine du Rouvre mütterlicherseits den Marquis von Ronquerolles zum Onkel und Frau von Sérizy zur Tante. Väterlicherseits besaß sie noch einen Onkel in der wunderlichen Gestalt des Chevalier du Rouvre. Das war der jüngere Sohn des Hauses, ein alter Junggeselle, der zu Gelde gekommen war und mit seinen Gütern und Häusern Geschäfte machte. Der Marquis du Rouvre hatte das Unglück gehabt, eins seiner beiden Kinder an der Cholera zu verlieren. Der einzige Sohn der Frau von Sérizy, ein junger, sehr hoffnungsvoller Offizier, fiel in Afrika im Kampf an der Macta. Heutzutage schweben die reichen Familien ja in der Gefahr, durch zu viele Kinder zu verarmen oder bei ein bis zwei Kindern auszusterben: eine merkwürdige Wirkung des bürgerlichen Gesetzbuches, an die Napoleon nicht gedacht hat. Durch eine Laune des Zufalls wurde Clementine also zur Erbin, trotz der unsinnigen Ausgaben des Marquis du Rouvre für Florine, eine der reizendsten Pariser Schauspielerinnen. Der Marquis von Ronquerolles, ein sehr geschickter Diplomat der neuen Dynastie, seine Schwester, Frau von Sérizy, und der Chevalier du Rouvre taten sich nämlich zusammen, um ihr Vermögen aus den Klauen des Marquis zu retten und es für ihre Nichte sicherzustellen, der sie am Tag ihrer Verheiratung je 10 000 Franken Rente auszusetzen versprachen. Es braucht nicht erst gesagt zu werden, daß der geflüchtete Pole der französischen Regierung keinen Heller kostete. Graf Adam gehörte einem der ältesten und erlauchtesten Geschlechter Polens an, das mit den meisten deutschen Fürstenhäusern und mit den Sapieha, Radziwill, Rzewuski, Czartoriski, Leszinski, Jablonowski, Cubomirski und allen großen sarmatischen kis verwandt war. Aber heraldische Kenntnisse sind nicht das Merkmal für das Frankreich Louis Philippes, und jener Adel konnte bei der damals herrschenden Bourgeoisie keine Empfehlung sein. Im übrigen führte Adam im Jahre 1833, wenn er sich auf dem Boulevard des Italiens, im Frascati, im Jockei-Club zeigte, das Leben eines jungen Mannes, der seinen politischen Hoffnungen entsagt hatte und sich auf seine Laster und seinen Vergnügungstrieb besann. Man hielt ihn für einen Studenten. Die polnische Nationalität war damals dank der häßlichen Reaktion der Regierung so tief gesunken, wie sie nach dem Wunsche der Republikaner hochstehen sollte. Der eigenartige Kampf zwischen Fortschritt und Stillstand, zwei Worte, die in dreißig Jahren unverständlich sein werden, machte etwas, das so achtbar hätte sein sollen, zum Spielball: den Namen eines niedergeworfenen Volkes, dem Frankreich Gastfreundschaft gewährte, für das man Feste erfand, für das man Subskriptionsbälle und Konzerte veranstaltete, kurz, eines Volkes, das 1796, im Kampfe Europas gegen Frankreich, diesem 6000 Männer gestellt hatte, und was für Männer! Man ziehe daraus nicht den Schluß, Zar Nikolaus solle gegen Polen ins Unrecht gesetzt werden oder Polen gegen den Zaren Nikolaus. Es wäre zunächst ziemlich töricht, politische Erörterungen in eine Erzählung einzuflechten, die unterhalten oder fesseln soll. Zudem hatten Rußland und Polen beide recht, das eine wollte die Einheit seines Reiches und das andere die Wiedererlangung seiner Freiheit. Bemerkt sei hierbei, daß Polen Rußland moralisch erobern konnte, anstatt es mit den Waffen zu bekämpfen. Es hätte die Chinesen nachahmen können, denen es schließlich gelang, die Tartaren zu Chinesen zu machen, und die, man muß es hoffen, auch die Engländer zu Chinesen machen werden. Polen mußte Rußland polonisieren. Poniatowski hatte es in der am wenigsten gemäßigten Gegend des Zarenreiches versucht, aber dieser König blieb unverstanden, zumal er sich wahrscheinlich selbst nicht recht verstand. Wie hätte man diese armen Teufel nicht hassen sollen, als die Urheber der grauenhaften Lüge, die während der Revue begangen wurde, damals, als ganz Paris wünschte, den Polen beizustehen! Man tat, als betrachte man die Polen als Verbündete der republikanischen Partei, und bedachte dabei nicht, daß Polen eine Adelsrepublik war. Seitdem verfolgte das Bürgertum die Polen, die man kurz zuvor noch vergöttert hatte, mit seinem schäbigen Haß. Das Sturmzeichen eines Aufruhrs hat die Pariser noch stets und unter allen Regierungen vom Norden zum Süden umschlagen lassen. Diesen Wechsel der öffentlichen

Meinung muß man sich vor Augen halten, will man verstehen, wie das Wort Pole im Jahre 1835 zur lächerlichen Bezeichnung bei einem Volke werden konnte, das sich für das geistreichste und gebildetste auf Erden hält und sich im Mittelpunkte der Aufklärung wähnt, in einer Stadt, die heute das Zepter der Kunst und der Literatur führt. Es gibt indes zwei Sorten polnischer Flüchtlinge: den polnischen Republikaner, den Sohn Lelevels, und den adligen Polen *der* Partei, an deren Spitze Fürst Czartoriski steht. Diese beiden Sorten von Polen sind wie Feuer und Wasser – aber warum soll man ihnen deshalb grollen? Solche Spaltungen haben sich noch stets bei Flüchtlingen gezeigt, welcher Nation sie auch angehören, einerlei, in welches Land sie auswandern. Man bringt eben sein Land und seinen Haß mit. In Brüssel offenbarten zwei Emigranten, französische Priester, tiefen Abscheu vor einander, und wenn man den einen nach dem Warum fragte, wies er auf seinen Leidensgefährten und antwortete:»Er ist ein Jansenist.« Dante hätte in seiner Verbannung gern einen Gegner der »Weißen« erdolcht. Da liegt auch der Grund für die Angriffe der französischen Radikalen gegen den ehrwürdigen Fürsten Adam Czartoriski und für die Mißstimmung, die die Cäsaren vom Kramladen und die Alexander der Gewerbescheine gegen einen Teil der polnischen Auswanderer verbreiteten. Im Jahre 1837 hatte Mizlslas Laginski also die Pariser Spöttereien gegen sich.

»Er ist nett, obgleich er Pole ist,« sagte Rastignac von ihm.

»Alle diese Polen halten sich für große Herren,« sagte Maxime de Trailles. »Aber der bezahlt seine Spielschulden; ich glaube beinahe, er hat Güter besessen.«

Ohne den Verbannten zu nahe zu treten, darf man doch darauf hinweisen, daß der Leichtsinn, die Sorglosigkeit und die Unzuverlässigkeit des sarmatischen Charakters Ursache waren für das boshafte Gerede der Pariser, die übrigens unter gleichen Umständen den Polen völlig gleich sein würden. Der französische Adel, der während der Revolution vom polnischen Adel so bewundernswert unterstützt wurde, hat den ausgewiesenen Polen von 1832 wahrlich nicht Gleiches mit Gleichem vergolten. Gestehe man es doch traurigen Mutes: das Faubourg Saint-Germain ist noch immer der Schuldner der Polen.

War Graf Adam reich oder arm? War er ein Abenteurer? Diese Frage blieb lange ungeklärt. Die Salons der Diplomatie hielten sich an ihre Weisungen und ahmten das Schweigen des Zaren Nikolaus nach, der damals jeden polnischen Emigranten als gestorben ansah. Der Tuilerienhof und die Mehrzahl der Leute, die von ihm ihr Stichwort erhalten, gaben einen erschreckenden Beweis für dies politische Verhalten, das man als Weisheit ehrt. Man kannte dort einen russischen Fürsten nicht wieder, mit dem man während der Emigration Zigarren geraucht hatte, weil er beim Zaren Nikolaus in Ungnade gefallen schien. So lebten die vornehmen Polen bei der Zurückhaltung der Diplomatie und des Hofes in der biblischen Einsamkeit *Super flumina Babylonis* oder ließen sich in gewissen Salons blicken, die als neutraler Boden für alle Meinungen dienen. In einer Stadt des Vergnügens wie Paris, die in allen Stockwerken Zerstreuungen im Überfluß hat, fand der polnische Leichtsinn doppelt so viel Anlässe als nötig, um ein ungebundenes Junggesellenleben zu führen. Kurz, gestehen wir es: Adam hatte zunächst seine Lebensart und seine Manieren gegen sich. Es gibt zwei Sorten Polen, wie es zwei Sorten Engländerinnen gibt. Ist eine Engländerin nicht sehr schön, so ist sie abstoßend häßlich. Und Graf Adam gehört zur zweiten Gattung. Sein kleines, verkniffenes Gesicht scheint wie in einen Schraubstock gepreßt. Seine Stumpfnase, sein blondes Haar, sein roter Bart und Schnurrbart geben ihm das Aussehen einer Ziege, zumal er klein und hager ist und seine schmutziggelben Augäpfel durch den schiefen Blick auffallen, der aus Vergils Vers berühmt ist. Wie kann er bei so vielen körperlichen Nachteilen Manieren und einen vornehmen Ton besitzen? Die Lösung dieses Problems ergibt sich aus seinem dandyhaften Anzug und aus der Erziehung durch seine Mutter, eine Radziwill. Sein Mut geht bis zur Tollkühnheit, aber sein Geist übersteigt nicht die landläufigen Eintagswitze der Pariser Unterhaltung, und doch trifft er unter den jungen Modeherren nicht oft einen, der ihm überlegen ist. Die Gesellschaftsmenschen reden heute vielzuviel von Pferden, Einkünften, Steuern und Abgeordneten, als daß die französische Unterhaltung das bliebe, was sie war. Der Geist will Muße und gewisse gesellschaftliche Unterschiede. In Petersburg und Wien plaudert man wahrscheinlich besser als in Paris. Gleichstehende bedürfen keiner Feinheiten mehr; sie sagen ganz dumm alles, wie es ist. Die Pariser Spottvögel fanden also schwerlich etwas von einem großen Herrn in dieser Art von verbummeltem Studenten, der in der Unterhaltung sorglos von einem Gegenstand zum andern übersprang, der Vergnügungen leidenschaftlich nachlief, besonders weil er soeben großen Gefahren entronnen war, und der glaubte, fern dem Lande, das seine Familie kannte, ein regelloses Leben führen zu können, ohne sich der Mißachtung auszusetzen.

Eines Tages im Jahre 1834 kaufte Adam in der Rue de la Pépinière ein Privathaus. Ein halbes Jahr darnach kam seine Lebensführung der der reichsten Pariser Häuser gleich. Im Augenblick, als Laginski sich selbst ernst zu nehmen begann, sah er Clementine im Théâtre des Italiens und verliebte sich in sie. Ein Jahr darauf fand die Hochzeit statt. Der Salon der Frau von Espard gab das Zeichen zu Lobreden. Nun erfuhren die Mütter heiratsfähiger Töchter zu spät, daß die Laginskis seit 900 zu den vornehmen Familien des Nordens zählen. Im Augenblick des polnischen Aufstandes hatte die Mutter des jungen Grafen in ganz unpolnischer Klugheit gewaltige Summen auf ihre Güter aufgenommen. Zwei jüdische Häuser hatten das Geld dargeliehen, und es war in französischen Werten angelegt worden. Graf Adam Laginski hatte also ein Einkommen von 80 000 Franken. Man wunderte sich nicht mehr über die Unbesonnenheit, mit der – nach der Ansicht vieler Salons – Frau von Sérizy, der alte Diplomat Ronquerolles und der Chevalier du Rouvre der tollen Leidenschaft ihrer Nichte nachgegeben hatten. Wie stets, sprang man von einem Gegensatz zum andern. Im Winter 1836 war Graf Adam in Mode, und Clementine Laginska war eine der Königinnen von Paris. Die Gräfin Laginska gehört heute zu jener reizenden Gruppe junger Frauen, in der die Damen de l'Estorade, de Portenduère, Marie de Vandenesse, du Guénic und de Maufrigneuse als Blüten des heutigen Paris glänzen. Sie leben in großem Abstand von den Emporkömmlingen, den Bürgerlichen und den Machern der neuen Politik. Dies mußte vorausgeschickt werden, um die Sphäre zu bestimmen, in der eine jener erhabenen Handlungen sich abspielte, die weniger selten sind, als die Verächter der Gegenwart glauben, Handlungen, die gleich schönen Perlen die Frucht eines Leides oder eines Schmerzes sind und auch darin den Perlen gleichen, daß sie sich in rauhen Schalen verbergen und im Schoß jenes Abgrunds, jenes Meeres, jener ewig bewegten Flut ruhen, die man die Welt, das Jahrhundert, Paris, London, Petersburg oder sonst wie nennt.

Wenn je die Wahrheit des Satzes bewiesen wurde, daß die Baukunst der Ausdruck der Sitten ist, so war es wohl seit dem Umsturz von 1830, unter der Herrschaft der Orléans der Fall! Alle Vermögen schmelzen in Frankreich zusammen; die majestätischen Privathäuser unserer Voreltern werden unaufhörlich abgerissen und durch eine Art von Siedlungen ersetzt, in denen der Pair des Frankreichs der Julimonarchie im dritten Stock über einem reichgewordenen Quacksalber wohnt. Alle Stile fließen durcheinander. Da kein Hof, kein tonangebender Adel mehr vorhanden ist, sieht man in den Schöpfungen der Kunst keine Einheitlichkeit mehr. Gerade die Baukunst hat nie zahlreichere Ersatzmittel zum Nachäffen des Echten und Gediegenen entdeckt, nie mehr Hilfsmittel und Spürsinn zur Ausnutzung des Raumes aufgebracht. Man gebe einem Künstler den Gartensaum eines alten abgerissenen Familienhauses, und er führt ein kleines Louvre auf, das er mit Ornamenten überlädt. Er findet Raum für Hof, Stallungen und wenn man will, für einen Garten. Im Innern legt er so viel kleine Zimmer und Nebenräume an, weiß das Auge so gut zu täuschen, daß man sich behaglich zu fühlen glaubt. Kurz, es wimmelt derart von Wohnungen, daß eine Herzogsfamilie sich in dem alten Backhaus eines Gerichtspräsidenten bewegt.

Das Haus der Gräfin Laginska, eine dieser Neuschöpfungen in der Rue de la Pépinière, liegt zwischen Hof und Garten. Rechterhand, im Hofe, ziehen sich die Wirtschaftsgebäude hin, links entsprechend die Remisen und Ställe. Die Portiersloge befindet sich zwischen zwei reizenden Toreinfahrten. Der große Luxus des Hauses besteht in einem entzückenden Treibhaus, anschließend an ein Boudoir im Erdgeschoß, in dem sich prächtige Empfangsräume ausbreiten. Ein aus England vertriebener Philanthrop hatte das Juwel der Baukunst errichtet, das Treibhaus entworfen, den Garten gezeichnet, die Türen lackiert, die Wirtschaftsgebäude nach Backsteinart bemalt, die Fenster grün angestrichen und einen jener Träume verwirklicht, wie es bei gleichen Maßverhältnissen Georg IV. in Brighton getan hatte. Der geschickte, fleißige und flinke Pariser Handwerker hatte die Türen und Fenster gemeißelt. Die Decken waren dem Mittelalter oder venezianischen Palästen nachgebildet, die Wände reich mit Marmorplatten belegt. Elschoet und Klagmann hatten die Sopraporten und Kamine ausgeführt. Schinner hatte die Decken prächtig bemalt. Die Pracht der Treppe, die weiß wie ein Frauenarm war, stritt mit der des Hotels Rothschild um den Vorrang. Dank der Aufstände betrugen die Kosten für diese Narrheit nicht mehr als elfhunderttausend Franken. Für einen Engländer war es geschenkt. Dieser ganze Luxus, der von Leuten, die nicht mehr wissen, was ein wahrer Fürst ist, fürstlich genannt wird, erfüllte den alten Garten des Hauses eines Armeelieferanten, eines Krösus der Revolution, der nach einem Börsenkrach bankrott in Brüssel gestorben war. Der Engländer starb in Paris an Paris, denn für viele ist Paris eine Krankheit; es ist manchmal soviel wie mehrere Krankheiten. Seine Witwe, eine Methodistin, bekundete den größten Abscheu für das Häuschen des Nabobs. Der Philanthrop war Opiumhändler gewesen. Die tugendhafte Witwe ordnete den Verkauf des anstößigen Besitzes um jeden Preis an, in dem Augenblick, als die Aufstände den Frieden in Frage stellten. Graf Adam machte sich diese Gelegenheit zu nutze, wie, wird man erfahren, denn nichts lag weniger in seinen herrschaftlichen Gewohnheiten. Hinter dem Hause, das aus melonenartig geriffelten Steinen erbaut war, dehnt sich der grüne Samt eines englischen Rasenbeets, im Hintergründe beschattet von einer schön gewachsenen Gruppe exotischer Bäume, aus der sich ein chinesischer Pavillon mit seinen stummen Glocken und seinen unbeweglichen vergoldeten Eiern erhebt. Das Treibhaus mit seinen phantastischen Bauten verkleidet die südliche Abschlußmauer. Die andere Mauer gegenüber dem Treibhaus wird durch Kletterpflanzen verdeckt, die durch grün bemalte und mit Querhölzern verbundene Stangen eine Art von Portikus bilden. Diese Wiese, diese Blumenwelt, diese sandbestreuten Alleen, dies Scheinbild eines Waldes, diese luftigen Holzkonstruktionen nehmen einen Raum von 25 Quadratruten ein, die nach heutigem Preis, 400 000 Franken, soviel wert sind wie ein wirklicher Wald. In dieser stillen Oase inmitten von Paris singen die Vögel, Amseln, Nachtigallen, Buchfinken, Grasmücken und viele Sperlinge. Das Treibhaus ist ein riesiger Blumenkorb mit düfteschwerer Luft, in dem man zur Winterszeit lustwandelt, als ob der Sommer in aller Glut leuchte. Die Vorkehrungen, durch die man sich eine beliebige Atmosphäre von Torrida, China oder Japan verschafft, sind geschickt vor den Blicken versteckt. Die Röhren der Dampfheizung sind mit Erde bedeckt und erscheinen dem Blick als blühende Blumengirlanden. Geräumig ist das Boudoir. Das Wunderwesen, die Fee von Paris, Baukunst genannt, versteht es, auf engem Raum alles groß erscheinen zu lassen. Das Boudoir der jungen Gräfin war das Meisterstück des Künstlers, dem die Neueinrichtung des Hauses von Graf Adam übertragen war. Unmöglich ist hier ein Fehltritt, es stehen zuviel Nippessachen herum. Ein Liebespaar fände keinen Raum zwischen den geschnitzten chinesischen Arbeitstischchen, auf denen das Auge Tausende von wunderlichen Figuren in Elfenbeinarbeit erblickt, mit denen zwei chinesische Familien sich abgemüht haben ; zwischen den Schalen aus Rauchtopas, die auf einem Filigranfuß ruhen, Mosaiken, die zum Diebstahl aufreizen, holländischen Gemälden, wie Schinner sie malt, Engeln, wie sie Steinbock entwirft, der die seinen nicht immer ausführt, Statuetten von der Hand von Genien, die von ihren Gläubigern verfolgt werden (die wahre Deutung der arabischen Mythen), prächtigen Skizzen unsrer ersten Künstler, Vorderteilen von Truhen, die als Wandvertäfelung mit phantastischen indischen Seidenstücken abwechseln, Türvorhängen, die in goldner Flut von einer Gardinenstange aus schwarzem Eichenholz herabrauschen, auf der eine ganze Jagdszene wimmelt, Möbeln, die einer Pompadour würdig sind, einem Perserteppich usw. Und ein letzter Reiz: diese Schätze verklärt ein gedämpftes Licht, das durch zwei Spitzenvorhänge sickert und sie noch reizvoller macht. Auf einer Konsole zwischen Altertümern eine Reitpeitsche, deren Knopf Fräulein von Fauveau geschnitzt haben soll und die verrät, daß die Gräfin gern reitet. So sieht ein Damenzimmer im Jahre 1837 aus, eine Ausstellung von Waren, die den Blick unterhalten, als würde die unruhigste und beunruhigteste Gesellschaft der Welt von Langeweile bedroht. Warum nichts Intimes, nichts, was zum Träumen, zur Stille einlädt? Warum? Niemand ist des nächsten Tags sicher, und jeder genießt das Leben als verschwenderischer Wucherer.

Eines Morgens lag Clementine mit nachdenklicher Miene auf einem jener wundervollen Ruhebetten, von denen man nicht wieder aufstehen mag, so gut verstand der Tapezierer, der sie schuf, sich auf gepolsterte Bequemlichkeiten und angenehme Ruhelager für das dolce far niente. Durch die offenen Türen des Treibhauses drangen die Düfte der tropischen Pflanzen und Blumen herein. Die junge Frau blickte Adam an, der vor ihr einen eleganten Nargileh rauchte, die einzige Art von Rauchen, die sie in diesem Zimmer erlaubt hatte. Die Türvorhänge, durch elegante Klammern gerafft, gewährten einen Ausblick auf zwei prächtige Salons, der eine in Weiß und Gold wie im Haus Forbin-Janson, der andere im Renaissancestil. Der Speisesaal, der in Paris nicht seinesgleichen hat, außer im Hause des Barons von Nucingen, ist am Ende einer kleinen Galerie mit Decke und Ausstattung mittelalterlichen Stils. Auf der Hofseite liegt vor der Galerie ein großes Vorzimmer, aus dem man durch Glastüren auf die Wunder des Treppenhauses blickt.

Das gräfliche Paar hatte soeben gefrühstückt. Der Himmel war eine blaue Glocke ohne ein Wölkchen; der April ging zu Ende. Die Ehe zählte schon zwei glückliche Jahre, und Clementine hatte erst seit ein paar Tagen entdeckt, daß in ihrem Hause etwas vorging, was einem Geheimnis, einem Mysterium ähnelte. Der Pole – sagen wir das noch zu seinem Ruhme – ist im allgemeinen schwach gegen Frauen. Er ist so voller Zärtlichkeit für sie, daß er in Polen ihr Knecht wurde, und obwohl die Polinnen hervorragende Frauen sind, wird der Pole von einer Pariserin noch viel rascher geschlagen. Und so verfiel Graf Adam, durch Fragen in die Enge getrieben, nicht einmal auf den harmlosen Kniff, seiner Frau sein Geheimnis zu verkaufen. Bei einer Frau muß man stets aus einem Geheimnis Vorteil ziehen; sie dankt es einem, wie ein Spitzbube seine Achtung einem ehrlichen Menschen erweist, der sich nicht beschwindeln läßt. Weniger redegewandt als mutig, hatte der Graf nur die Bedingung gestellt, erst zu antworten, wenn er seinen mit Tabak gefüllten Nargileh aufgeraucht habe.

»Unterwegs«, sagte sie, »antwortetest du mir bei jeder Schwierigkeit: ›Paz wird es in Ordnung bringen!‹ Du schriebst nur an Paz. Seit wir zurück sind, sagt jeder zu mir: ›*Der Kapitän!*‹ Will ich ausgehen: *DerKapitän!* Soll eine Rechnung bezahlt werden: *Der Kapitän.* Lahmt mein Pferd, so wendet man sich an den *Kapitän* Paz. Kurz, es ist hier für mich wie beim Dominospiel: Paz an allen Ecken. Ich höre nur von Paz reden, und ich kann Paz nicht sehen. Wer ist Paz? Man bringe mir unsern Paz.«

»Geht denn nicht alles gut?« fragte der Graf, das Mundstück seines Nargilehs absetzend. »Alles geht so gut, daß man sich bei

200 000 Franken Einkünften zugrunde richten würde, wenn man das Leben führte, das wir mit 110 000 Franken führen,« sagte sie.

Sie zog an der reichen Klingelschnur, einem Wunder von Spitzenarbeit. Sofort erschien ein Kammerdiener, gekleidet wie ein Minister.

»Sagen Sie dem Herrn Kapitän Paz, ich wünschte ihn zu sprechen.«

»Wenn du glaubst, auf die Art etwas zu erfahren,« lächelte Graf Adam.

Hier muß eingeschaltet werden, daß Adam und Clementine im Dezember 1835 geheiratet und den Winter in Paris verbracht hatten. Dann waren sie 1836 in Italien, der Schweiz und Deutschland gereist. Als sie im November zurückkehrten, erhielt die Gräfin zum erstenmal in dem verflossenen Winter den Besuch dieses Kapitäns Paz (Pac), dessen Namen so gesprochen wird, wie er sich schreibt, und auf diese Weise bemerkte sie das gleichsam stumme, unsichtbare, aber heilsame Dasein dieses Faktotums, das sich persönlich nicht blicken ließ.

»Herr Kapitän Paz bittet Frau Gräfin um Entschuldigung; er ist im Stall und in einem Anzuge, daß er sich augenblicklich nicht zeigen kann. Sobald er angekleidet ist, wird der Graf Paz erscheinen,« sagte der Diener.

»Was tut er denn?«

»Er zeigt, wie das Pferd der Frau Gräfin geputzt werden soll, weil Konstantin es nicht so putzte, wie er wollte,« antwortete der Diener.

Die Gräfin blickte ihn an. Er machte ein ernstes Gesicht und hütete sich wohl, seine Worte mit jenem Lächeln zu begleiten, wie es Bediente tun, wenn sie von einem Höhergestellten reden, der sich zu ihrer Arbeit erniedrigt.

»Ach, er putzt Cora?«

»Reitet Frau Gräfin heute morgen nicht aus?« fragte der Diener und verschwand ohne Antwort.

»Ist es ein Pole?« fragte Clementine ihren Gatten. Er nickte bejahend.

Clementine Laginska blickte Adam stumm und prüfend an. Die Füße fast auf ein Kissen gestreckt, den Kopf in der Haltung eines Vogels, der am Rand seines Nestes dem Gezwitscher seiner Brut lauscht, wäre sie auch einem abgestumpften Manne entzückend erschienen. Blond und schmal, mit englischer Frisur, glich sie jenen gleichsam fabelhaften Gestalten der Keepsakes, besonders in ihrem seidenen Morgenkleid von persischem Schnitt, dessen dichte Falten die Reize ihres Körpers und die Schlankheit ihrer Taille nicht so sehr verhüllten, daß man sie durch die dichten Schleier von Blumen und Stickereien nicht hätte bewundern können. Über der Brust gekreuzt, ließ der Stoff mit den leuchtenden Farben den Ansatz des Busens frei, dessen Weiß mit dem einer reichen Spitze auf ihren Schultern kontrastierte. Ihre schwarz bewimperten Augen erhöhten den Ausdruck der Neugier, die ihren hübschen Mund in Falten legte. Auf ihrer schön geformten Stirn erblickte man die charakteristischen Wölbungen der willensstarken, lachlustigen, wissenden, aber gemeiner Verführung unnahbaren Pariserin. Ihre Hände hingen von den beiden Lehnen fast durchsichtig herab. Ihre feinen Finger mit den zurückgebogenen Spitzen hatten Nägel wie rosige Mandeln, auf denen das Licht spielte. Adam lächelte über die Ungeduld seiner Frau und warf ihr Blicke zu, die noch keine Übersättigung der Ehe abstumpfte. Die kleine, zarte Gräfin hatte bereits die Herrschaft im Hause an sich gerissen, denn sie erwiderte Adams Bewunderung fast gar nicht. In den verstohlenen Blicken, die sie auf ihn warf, regte sich vielleicht schon das Bewußtsein der Überlegenheit einer Pariserin über diesen mutwilligen, hageren, rothaarigen Polen.

»Da kommt Paz,« sagte der Graf, als er Schritte in der Galerie hörte.

Die Gräfin sah einen großen, schönen, stattlichen Mann eintreten. Seine Züge trugen die Spuren jener Sanftmut, die die Frucht von Kraft und Unglück ist. Paz hatte hastig einen der engen verschnürten Röcke mit olivenartigen Knöpfen angezogen, die man früher polnische Röcke nannte. Dichtes, schwarzes, schlecht gekämmtes Haar umgab seinen eckigen Kopf, und Clementine konnte seine breite Stirn sehen, die wie ein Marmorblock leuchtete, denn Paz trug seine Schirmmütze in der Hand. Diese Hand glich der des jugendlichen Herkules. Blühende Gesundheit sprach aus dem regelmäßigen Gesicht mit seiner starken römischen Nase, die Clementine an die schönen Trasteveriner gemahnte. Eine Halsbinde von schwarzem Taft vollendete das martialische Aussehen dieses Wunderwesens von 5 Fuß 7 Zoll mit seinen Jettaugen von italienischem Feuer. Ein weites faltiges Beinkleid, das nur die Spitzen der Stiefel sehen ließ, verriet Pazens Verehrung für die polnische Nationaltracht. Wahrhaftig, für eine romantisch veranlagte Frau hätte der scharfe Kontrast zwischen dem Kapitän und dem Grafen etwas Burleskes gehabt. Hier ein schöner Kriegsmann, dort ein kleiner Pole mit verkniffenem Gesicht, hier ein Paladin, dort ein Palatiner (Pfälzer).

»Guten Tag, Adam,« sagte er vertraulich zum Grafen.

Dann verbeugte er sich ritterlich vor Clementine und fragte, womit er ihr dienen könnte.

»Sie sind also Laginskis Freund?« fragte die junge Frau.

»Auf Leben und Tod!« erwiderte Paz, und der junge Graf lächelte ihm mit seinem holdseligsten Lächeln zu, während er seine letzte Wolke duftenden Tabaks ausstieß.

»Nun, warum essen Sie dann nicht mit uns? Warum haben Sie uns nicht nach Italien und der Schweiz begleitet? Warum verstecken Sie sich hier derart, daß Sie sich sogar dem Dank entziehen, den ich Ihnen für Ihre dauernde Dienstleistungen schulde?« fragte die junge Gräfin lebhaft, aber ohne jede Erregung.

In der Tat entdeckte sie bei Paz eine Art freiwilliger Knechtschaft. Diese Vorstellung verknüpfte sich damals mit einer Art Mißachtung für ein gesellschaftliches Zwitterwesen, einen Menschen, der zugleich Sekretär und Haushofmeister, aber weder ganz Haushofmeister noch ganz Sekretär war, gleichsam ein armer Verwandter, ein peinlicher Freund.

»Sie brauchen mir nicht zu danken, Gräfin,« antwortete er ziemlich frei. »Ich bin Adams Freund und es macht mir Freude, mich seiner Interessen anzunehmen.«

»Macht es dir auch Freude, stehen zu bleiben?« fragte Graf Adam.

Paz setzte sich auf einen Lehnstuhl am Türvorhang.

»Ich entsinne mich, Sie bei meiner Hochzeit gesehen zu haben, und hin und wieder im Hofe,« sagte die junge Frau. »Aber warum nehmen Sie eine untergeordnete Stellung ein, Sie, Adams Freund?«

»Was die Pariser denken, ist mir ganz einerlei,« sagte er. »Ich lebe für mich, oder wenn Sie wollen, für Sie beide.«

»Aber die Meinung der Welt über den Freund meines Gatten kann mir nicht gleichgültig sein ...«

»Oh, Frau Gräfin, die Welt läßt sich so leicht mit dem Wort abspeisen: ›Das ist ein Sonderling.‹ Sagen Sie das. – Wollen Sie ausreiten?« fragte er nach einer kurzen Pause.

»Wollen Sie mit zum Bois kommen?« fragte die Gräfin.

»Gern.«

Mit diesem Wort verbeugte sich Paz und verschwand.

»Welch guter Kerl!« versetzte Adam. »Einfältig wie ein Kind.«

»Erzähle mir nun deine Beziehungen zu ihm,« forderte Clementine.

»Paz, liebes Herz,« sagte Laginski, »ist von ebenso altem und edlem Hause wie wir. Bei ihrem Unglück rettete sich einer der Pazzi aus Florenz nach Polen, ließ sich dort mit einigem Vermögen nieder und gründete die Familie der Paz, die den Grafentitel erhielt. Die Familie, die sich in den schönen Tagen unsrer Königsrepublik hervortat, ist reich geworden. Das Reis des in Italien gefällten Stammes hat so kräftig Wurzel geschlagen, daß es mehrere Zweige des gräflichen Hauses Paz gibt. Ich erzähle dir nichts Ungewöhnliches, wenn ich dir sage, daß es reiche und arme Paz gibt.

Unser Paz entsproßte einem armen Zweige. Als Waise, ohne andren Besitz als seinen Degen, diente er während unsrer Revolution im Regiment des Großfürsten Konstantin. Er ging zur polnischen Partei über, schlug sich wie ein Pole, wie ein Patriot, wie ein Habenichts: drei Gründe, um sich gut zu schlagen. Beim letzten Kampf glaubte er, seine Soldaten folgten ihm. Er griff eine russische Batterie an und wurde gefangen. Ich war dabei. Dieser Zug von Tapferkeit ermutigte mich. ›Hauen wir ihn heraus!‹ sagte ich zu meinen Reitern. Wir greifen die Batterie als Freischärler an und ich befreie Paz, ich als siebenter. Wir waren zu zwanzig losgeritten und kamen zu acht zurück, einschließlich Paz. Nachdem Warschau verraten und verkauft war, mußten wir daran denken, den Russen zu entkommen. Ein seltsamer Zufall wollte es, daß Paz und ich uns zur selben Stunde, am selben Fleck diesseits der Weichsel wiederfanden. Ich sah den armen Kapitän in die Hände der Preußen fallen, die sich damals zu Jagdhunden der Russen hergaben. Hat man einen Menschen aus dem Styx aufgefischt, so hängt man an ihm. Diese neue Gefahr für Paz schmerzte mich so, daß ich mich mit ihm gefangen nehmen ließ, um ihm zu helfen. Zwei Männer können sich retten, wo ein einzelner zugrunde geht. Dank meinem Namen und einigen Verwandtschaftsbeziehungen zu den neuen Herren unsres Schicksals, denn wir waren damals in Händen der Preußen, drückte man ein Auge über mein Entweichen zu. Ich gab meinen lieben Kapitän als gemeinen Soldaten, als einen meiner Leute aus, und es gelang uns, nach Danzig zu entkommen. Wir schmuggelten uns auf ein holländisches Schiff ein, das nach London abging; dort langten wir nach zwei Monaten an. Meine Mutter war in England krank geworden und erwartete mich dort. Paz und ich pflegten sie bis zu ihrem Tode, der durch den Zusammenbruch unsres Unternehmens beschleunigt wurde. Wir verließen London, und ich nahm Paz nach Frankreich mit. In solchen Schicksalen werden zwei Männer zu Brüdern. Als ich mich in Paris sah, zweiundzwanzig Jahre alt, im Besitz eines Einkommens von einigen 60 000 Franken, ungerechnet die Reste einer Summe, die meine Mutter aus dem Verkauf von Diamanten und Familienbildern gewonnen hatte, wollte ich Pazens Zukunft sicher stellen, bevor ich mich in den Strudel der Pariser Vergnügungen stürzte. Ich entdeckte etwas Schwermut in den Augen des Kapitäns, bisweilen unterdrückte er Tränen. Ich lernte seine Seele schätzen, die von Grund aus edel, groß und hochherzig ist.

Vielleicht schmerzte es ihn, sich durch Wohltaten an einen um sechs Jahre jüngeren Mann gebunden zu sehen, ohne ihm Gleiches mit Gleichem vergelten zu können. Sorglos und leichtsinnig, wie ein Junggeselle ist, konnte ich mich im Spiel zugrunde richten, mich von einer Pariserin umgarnen lassen. Paz und ich konnten eines Tages getrennt werden. Obwohl ich mir vornahm, für alle seine Bedürfnisse zu sorgen, erkannte ich doch manche Möglichkeit, ihn zu vergessen oder zur Bezahlung seiner Pension außerstande zu sein. Kurz, mein Engel, ich wollte ihm den Schmerz, die Scham, die Schande ersparen, mich um Geld anzugehen oder seinen Gefährten in der Not vergebens um etwas zu bitten.

Also eines Morgens nach dem Frühstück, als wir beide vorm Kaminfeuer saßen und unsre Pfeifen rauchten, führte ich meinen Vorsatz aus. Nach vielem Erröten, vielen Vorsichtsmaßregeln, als ich sah, wie er mich besorgt anblickte, reichte ich ihm eine Rentenverschreibung auf den Inhaber auf 2400 Franken ...«

Clementine stand auf, setzte sich auf Adams Knie, schlang ihren Arm um seinen Hals und küßte ihn auf die Stirn.

»Lieber Schatz!« sagte sie, »wie schön finde ich dich! Und was tat Paz?«

»Thaddäus,« entgegnete der Graf, »erbleichte und schwieg ...«

»Ach, er heißt Thaddäus?«

»Ja. Thaddäus faltete das Schriftstück wieder zusammen, gab es mir zurück und sagte: ›Ich glaubte, Adam, wir gehörten auf Tod und Leben zusammen und würden uns nie verlassen. Du willst also nichts mehr von mir wissen?‹ – ›Oh!‹ rief ich, ›verstehst du es so, Thaddäus? Schön, reden wir nicht mehr davon. Wenn ich mich zugrunde richte, bist du auch zugrunde gerichtet.‹ – ›Du bist nicht vermögend genug, um als Laginski zu leben,‹ sagte er. ›Brauchst du da nicht einen Freund, der sich deiner Geschäfte annimmt, dir Vater und Bruder ist, ein sichrer Vertrauter?‹ Mein liebes Kind, als Paz diese Worte zu mir sagte, lag in seinem Blick und in seiner Stimme eine Ruhe, die eine mütterliche Empfindung verbarg, aber eine arabische Dankbarkeit offenbarte, eine Hundetreue, eine Indianerfreundschaft, schmucklos und stets bereit. Mein Gott, ich nahm ihn, wie wir Polen uns nehmen. Ich legte die Hand auf seine Schultern, küßte ihn auf den Mund und sagte: ›Also auf Leben und Tod! Alles, was ich habe, gehört dir, mach, was du willst.‹ Er hat mir dies Haus für eine Kleinigkeit gekauft. Er hat meine Zinsenpapiere verkauft, wenn sie hoch standen und gekauft, wenn sie niedrig standen, und wir haben diese Bude mit den Gewinnen bezahlt. Er versteht sich auf Pferde und handelt so gut damit, daß mein Stall mich sehr wenig kostet, und ich habe die schönsten Pferde, die schmucksten Gefährte in Paris. Unsre Leute, brave polnische Soldaten, die er ausgesucht hat, gingen für uns durchs Feuer. Es sah aus, als ob ich mich zugrunde wirtschafte, und Paz führte meinen Haushalt mit solcher Ordnung und Sparsamkeit, daß er dadurch ein paar unüberlegte Verluste im Spiel, Jungeleutestreiche, wett gemacht hat. Mein Thaddäus ist verschmitzt wie zwei Genueser, gewinngierig wie ein polnischer Jude, vorbedacht wie eine gute Hausfrau. Nie konnte ich ihn dazu bestimmen, mit mir auf gleichem Fuße zu leben, solange wir Junggesellen waren. Bisweilen mußte ich den Zwang der Freundschaft anwenden, um ihn ins Theater zu schleppen, wenn ich allein hinging, oder zu Diners, die ich einer fröhlichen Gesellschaft im Speisehaus gab. Er liebt das Salonleben nicht.«

»Was liebt er denn?« fragte Clementine.

»Er liebt Polen und beweint es. Seine einzige Zerstreuung waren die Unterstützungen, die er mehr in meinem als in seinem Namen an einige unsrer armen Verbannten sandte.«

»Ei, aber ich werde ihn lieben, diesen braven Kerl,« sagte die Gräfin. »Er scheint mir einfach, wie alles wahrhaft Große.«

»Alle schönen Dinge, die du hier fandest,« fuhr Adam fort, der beim Lobe seines Freundes die edelste Sicherheit verriet, »hat Paz ausfindig gemacht. Er hat sie bei Versteigerungen oder Gelegenheiten erworben. Oh, er ist mehr Kaufmann als die Kaufleute. Wenn du siehst, daß er sich auf dem Hofe die Hände reibt, dann wisse, er hat ein gutes Pferd für ein besseres ausgetauscht. Er lebt meinetwegen; sein Glück ist, mich elegant zu sehen, in einer glänzenden Equipage. Seine selbstgeschaffenen Pflichten erfüllt er ohne Lärm, ohne Aufwand. Eines Abends hatte ich 20 000 Franken im Whist verloren. »Was wird Paz sagen!« rief ich bei der Heimkehr. Paz gab sie mir nicht ohne Seufzen wieder, aber er hat mir nicht einen tadelnden Blick zugeworfen. Dieser Seufzer hat mich mehr gebändigt als alle Vorhaltungen von Onkeln, Frauen und Müttern in solchen Fällen. »Tut es dir leid?« fragte ich ihn. – »Oh, weder für dich noch für mich. Ich denke nur, daß zwanzig arme Paz ein Jahr lang davon leben könnten.« Du begreifst, daß die Pazzi soviel wert sind wie die Laginski. Daher mochte ich meinen lieben Paz auch nie als Untergebenen ansehen. Ich war bestrebt, in meiner Art ebenso groß zu sein, wie er in der seinen. Nie habe ich das Haus verlassen, noch bin ich heimgekehrt, ohne zu Paz zu gehen, wie ich zu meinem Vater gehen würde. Mein Glück ist das seine. Kurz, Thaddäus ist sicher, daß ich mich auch heute in eine Gefahr stürzen würde, um ihn zu retten, wie ich es zweimal getan habe.«

»Das ist viel gesagt,« versetzte die Gräfin. »Aufopferung ist eine blitzartige Hingabe. Man opfert sich im Kriege auf, aber nicht mehr in Paris.«

»Nun eben,« erwiderte Adam, »für Paz bin ich stets im Kriege. Unsere beiden Charaktere haben ihre Schroffheiten und Fehler behalten, aber die gegenseitige Kenntnis unsrer Seelen hat die schon so engen Bande unsrer Freundschaft noch fester geknüpft. Man kann einem Menschen das Leben retten und ihn hernach töten, wenn man in ihm einen schlimmen Gefährten entdeckt. Aber was die Freundschaft unlöslich macht, das haben wir verspürt: bei uns besteht ein beständiger Austausch glücklicher Empfindungen, der die Freundschaft in dieser Hinsicht vielleicht reicher macht als die Liebe.«

Eine hübsche Frauenhand schloß dem Grafen so rasch den Mund, daß die Gebärde einer Ohrfeige glich.

»Ja doch,« sagte er. »Der Freundschaft, mein Engel, sind die Bankerotte des Gefühls und die Pleiten des Vergnügens unbekannt. Die Liebe gibt zuerst mehr, als sie hat, zuletzt weniger, als sie empfängt.«

»Auf der einen Seite wie auf der anderen,« lächelte Clementine.

»Ja,« fuhr Adam fort, »dagegen kann die Freundschaft nur zunehmen. Du brauchst nicht zu schmollen, mein Engel, wir sind ebenso ein Liebespaar wie ein paar Freunde; wir haben wenigstens, hoffe ich, beide Gefühle in unsrer glücklichen Ehe vereinigt.«

»Ich will dir erklären, wodurch ihr so gute Freunde geworden seid,« sagte Clementine. »Der Unterschied in euer beider Leben erwächst aus euren Neigungen und nicht aus einer obligaten Wahl, aus euren Liebhabereien und nicht aus eurer Stellung. Soweit man einen Menschen nach flüchtigem Sehen beurteilen kann und nach dem, was du mir erzählst, kann der Untergebene hier in gewissen Augenblicken zum Höherstehenden werden.«

»Oh, Paz steht wirklich höher als ich!« entgegnete Adam treuherzig. »Ich habe keinen andern Vorzug vor ihm als den Zufall.«

Seine Frau küßte ihn für dies edelmütige Bekenntnis.

»Die außerordentliche Geschicklichkeit,« fuhr der Graf fort, »mit der er die Größe seiner Gefühle verbirgt, verleiht ihm eine ungeheure Überlegenheit. Ich habe ihm gesagt: ›Du bist verschlossen. Du hast in deinem Innern große Bereiche, wohin du dich zurückziehst.‹ Er hat Anspruch auf den Titel Graf Paz; in Paris läßt er sich nur der Kapitän nennen.«

»Kurz, der Florentiner des Mittelalters ist nach dreihundert Jahren wieder auferstanden,« sagte die Gräfin. »In ihm ist etwas von Dante und von Michelangelo.«

»Ja, du hast recht,« erwiderte Adam, »er hat die Seele eines Dichters.«

»Da bin ich also mit zwei Polen verheiratet,« versetzte die junge Gräfin mit einer Gebärde, wie sie das Genie auf der Bühne findet.

»Liebes Kind!« sagte Adam, Clementine an sich ziehend, »du hättest mir viel Schmerz gemacht, wenn mein Freund dir nicht gefallen hätte. Wir hatten beide Angst davor, obwohl er über meine Heirat entzückt war. Du wirst ihn tief beglücken, wenn du ihm sagst, daß du ihn liebst... Oh! wie einen alten Freund.«

»Ich will mich also ankleiden, es ist schönes Wetter, wir reiten alle drei aus,« sagte Clementine und schellte nach ihrer Kammerzofe.

Paz führte ein so unterirdisches Dasein, daß das ganze elegante Paris sich fragte, wer Clementine Laginskas Begleiter sei, als man sie zwischen Thaddäus und ihrem Gatten nach dem Bois de Boulogne reiten und zurückkehren sah. Diese Laune einer absoluten Herrscherin zwang den Kapitän zu ungewohnter Toilette. Nach der Heimkehr vom Bois kleidete sich Clementine mit einer gewissen Koketterie, so daß sie selbst auf Adam Eindruck machte, als sie den Salon betrat, in dem die beiden Freunde sie erwarteten.

»Graf Paz,« sagte sie, »wir gehen zusammen in die Oper.«

Sie sagte das in einem Tone, der bei Frauen bedeutet: »Wenn Sie es ausschlagen, ist unsre Freundschaft aus.«

»Gern, Frau Gräfin,« entgegnete der Kapitän. »Aber da ich nicht das Vermögen eines Grafen habe, nennen Sie mich einfach Kapitän.«

»Schön, Kapitän, geben Sie mir den Arm,« sagte sie, ergriff ihn und führte ihn in den Speisesaal mit einer Geste feierlicher Vertraulichkeit, die Liebende entzückt.

Die Gräfin ließ den Kapitän neben sich Platz nehmen. Sein Benehmen war das eines armen Leutnants, der bei einem reichen General speist. Paz ließ Clementine reden und hörte ihr mit der Ergebenheit zu, die man einem Vorgesetzten schuldet, widersprach ihr keinmal und wartete eine formelle Frage ab, bevor er antwortete. Kurz, er erschien der Gräfin fast stumpfsinnig. Ihre Koketterien versagten vor diesem eisigen Ernst und dieser diplomatischen Ehrerbietung vollkommen. Umsonst sagte Adam zu ihm.: »Sei doch munter, Thaddäus! Man sollte glauben, daß du nicht alle fünf Sinne beisammen hast. Du hast sicher gewettet, Clementine zu enttäuschen.« Aber Thaddäus blieb schwerfällig und schläfrig. Als die Herrschaften nach der Mahlzeit allein blieben, erklärte der Kapitän, daß sein Leben gerade umgekehrt verliefe als das der Gesellschaftsmenschen: er ginge um acht Uhr zu Bett und stände früh morgens auf. Damit schob er seine Zurückhaltung auf große Lust zu schlafen.

»Als ich Sie zur Oper aufforderte, Kapitän, war meine Absicht, Ihnen ein Vergnügen zu machen, aber tun Sie, was Sie wollen,« sagte Clementine etwas verletzt.

»Ich werde mitgehen,« sagte Paz.

»Duprez singt ›Wilhelm Teil‹,« schaltete Adam ein, »aber vielleicht gehst du lieber ins Variete?« Der Kapitän lächelte und schellte; der Kammerdiener erschien.

»Konstantin soll den Wagen anspannen,« sagte er zu ihm, »nicht das Kupee. Wir fänden nicht Platz, ohne uns zu hindern,« setzte er zum Grafen gewandt hinzu.

»Ein Franzose hätte das vergessen,« lächelte Clementine.

»Oh, aber wir sind nach dem Norden verpflanzte Florentiner,« entgegnete Thaddäus mit einer Feinheit im Ton und einem Blick, die sein Benehmen bei Tisch als Absicht erkennen ließen.

Infolge seiner recht begreiflichen Unvorsichtigkeit war der Gegensatz zwischen der ungewollten Art und Weise dieser Äußerung und seiner Haltung während des Essens zu schroff. Clementine musterte den Kapitän mit einem jener Seitenblicke, die bei Frauen zugleich Erstaunen wie Beobachtung verraten. So herrschte denn während der Zeit, als alle drei im Salon Kaffee tranken, ein Schweigen, das für Adam recht peinlich war, da er den Grund nicht zu erraten vermochte. Clementine forderte Thaddäus nicht mehr heraus, und der Kapitän nahm seine militärische Steifheit wieder an und legte sie nicht mehr ab, weder unterwegs, noch in der Loge, wo er zu schlafen vorgab.

»Sie sehen, Frau Gräfin, ich bin ein langweiliger Gesell,« sagte er im letzten Akt des »Wilhelm Teil« beim Ballett. »War es nicht richtig von mir, daß ich, wie man sagt, bei meinem Leisten blieb?«

»Meiner Treu, lieber Kapitän, Sie sind weder Possenreißer noch Schönredner, Sie sind sehr wenig Pole.«

»Lassen Sie mich also über Ihre Vergnügungen, Ihr Vermögen und Ihr Haus wachen,« fuhr er fort, »ich tauge nur dazu.«

»Geh, Tartüff!« sagte Graf Adam lächelnd. »Meine Liebe, er hat Herz, er hat Bildung. Wenn er nur wollte, er könnte im Salon seinen Mann stehen. Clementine, nimm seine Bescheidenheit nicht wörtlich.«

»Leben Sie wohl, Gräfin, ich habe meinen guten Willen bewiesen. Ich benutze Ihren Wagen, um schleunigst nach Hause zu fahren und schlafen zu gehen; dann schicke ich ihn Ihnen zurück.«

Clementine neigte den Kopf und ließ ihn gehen, ohne etwas zu erwidern.

»Welch ein Bär!« sagte sie zum Grafen. »Du bist viel netter!«

Adam drückte seiner Frau heimlich die Hand. »Armer, guter Thaddäus, er hat sich bemüht, abstoßend zu wirken, wo viele Männer versucht hätten, liebenswürdiger als ich zu sein.«

»Oh,« sagte sie, »ich weiß nicht, ob sein Benehmen nicht *berechnet* war: eine gewöhnliche Frau hätte er neugierig gemacht.«

Eine halbe Stunde später rief der Jäger Boleslas: »Tür auf!«, und der Kutscher drehte zum Einfahren um und wartete, daß die beiden Torflügel sich öffneten. Da fragte Clementine den Grafen: »Wo haust denn der Kapitän?«

»Schau, da,« antwortete Adam und wies auf ein kleines Geschoß, das sich in Form einer Attika elegant über der Toreinfahrt hinzog und mit einem Fenster auf die Straße ging. »Seine Wohnung liegt über den Remisen.«

»Und wer wohnt auf der anderen Seite?«

»Noch niemand,« entgegnete Adam. »Die andre kleine Wohnung über den Stallgebäuden ist für unsre Kinder und den Lehrer bestimmt.«

»Er schläft noch nicht,« sagte die Gräfin, als sie Licht bei ihm erblickte. Der Wagen fuhr durch den Torbogen aus Säulen, denen der Tuilerien nachgeahmt, der das übliche Regendach aus Zink mit seiner leinwandartigen Bemalung ersetzte.

Der Kapitän stand im Schlafrock, mit einer Pfeife in der Hand, und sah Clementine ins Vestibül treten. Es war für ihn ein harter Tag gewesen, und zwar aus folgendem Grunde. Thaddäus hatte eine heftige Herzenswallung gespürt, als Adam ihn eines Tages ins Théâtre des Italiens mitnahm, um ihm Fräulein du Rouvre zu zeigen und sein Urteil zu hören. Dann, als er sie im Standesamt und in der Kirche des hl. Thomas von Aquino wiedersah, erkannte er in ihr die Frau, die jeder Mann ausschließlich lieben muß, denn auch Don Juan gab einer von den Tausendunddrei den Vorzug! Darum riet Paz auch sehr zu der klassischen Hochzeitsreise. Während Clementines Fernsein blieb er sozusagen ruhig, aber seine Leiden begannen seit der Rückkehr des jungen Paares von neuem. Jetzt rauchte er Latakieh aus seiner sechs Fuß langen Kirschholzpfeife, einem Geschenk Adams, und dachte:

»Ich allein und Gott, der mich für mein stilles Leiden belohnen wird, können wissen, wie sehr ich sie liebe! Aber wie kann es geschehen, daß sie mich weder liebt noch haßt?«

Und er sann bis ins Uferlose über diesen Lehrsatz der Liebesstrategie nach. Man glaube nicht, daß Thaddäus in all seinem Schmerz ganz freudlos lebte. Die hochherzige Falschheit, die er heute geübt, war für ihn eine Quelle innerer Freude. Seit Clementine und Adam von der Reise zurück waren, genoß er es tagtäglich mit unsäglicher Genugtuung, notwendig zu sein in diesem Hause, das ohne seine Aufopferung sicher zugrunde gegangen wäre. Welches Vermögen konnte der Verschwendung des Pariser Lebens standhalten? Bei einem verschwenderischen Vater aufgewachsen, verstand Clementine nichts von der Führung eines Haushalts, den heutzutage auch die reichsten und vornehmsten Damen selbst überwachen müssen. Wer kann sich heute einen Haushofmeister halten? Auch Adam, der Sohn eines jener polnischen großen Herren, die sich von den Juden aussaugen lassen, war unfähig, die Reste eines der größten Vermögen in Polen, wo es noch Riesenvermögen gibt, zu verwalten; er besaß nicht Charakter genug, um seine eigenen Launen und die seiner Frau zu zügeln. Alleinstehend, hätte er sich vielleicht schon vor seiner Ehe zugrunde gerichtet. Paz hatte ihn gehindert, an der Börse zu spielen: ist damit nicht schon alles gesagt? Bei seiner Liebe zu Clementine, die er wider Willen empfand, hatte Paz also nicht einmal die Möglichkeit, das Haus zu verlassen und auf Reisen Vergessen zu suchen. Die Dankbarkeit, diese Lösung seines Lebensrätsels, bannte ihn an dies Haus; er allein war der Geschäftsmann dieser sorglosen Familie. Adams und Clementines Reise ließ ihn Ruhe erhoffen, aber die junge Gräfin kehrte schöner denn je zurück, und im Vollgenuß der Geistesfreiheit, die die Ehe den Pariserinnen bietet, entfaltete sie alle Reize einer jungen Frau, ja, ich weiß nicht, welche Anziehungskraft, eine Folge des Glücks oder der Selbständigkeit, die sie einem so vertrauensseligen, so durchaus ritterlichen, so verliebten jungen Manne wie Adam verdankte. Die Gewißheit, die treibende Kraft für den Glanz dieses Hauses zu sein, der Anblick Clementines, wenn sie bei der Heimkehr von einem Fest aus dem Wagen stieg oder des Morgens zum Bois ritt, die Begegnung mit ihr, wenn sie in ihrem hübschen Wagen über die Boulevards fuhr, wie eine Blume in ihrem Blätterkelch – das alles flößte dem armen Thaddäus tiefe, geheimnisvolle Wonnen ein, die in seinem Herzen erblühten, ohne daß sich die geringste Spur davon auf seinem Gesicht zeigte. Wie hätte die Gräfin seit fünf Monaten die Anwesenheit des Kapitäns bemerken können? Er verbarg sich vor ihr, sorgte aber dafür, daß sie die Absicht nicht merkte. Nichts gleicht der himmlischen Liebe mehr als die hoffnungslose Liebe. Muß ein Mann nicht eine gewisse Herzenstiefe haben, um sich in Schweigen und Niedrigkeit aufzuopfern? Diese Tiefe, in der sich ein väterlicher und göttlicher Stolz birgt, bedeutet den Kult der Liebe um ihrer selbst willen, wie die Macht um der Macht willen das Lebensprinzip der Jesuiten war, – ein erhabener Geiz, der beständig schenkt und sich letzten Endes nach dem geheimnisvollen Wesen der Urkräfte der Welt gestaltet. Die *Wirkung* – ist das nicht die Natur? Aber die Natur ist verführerisch; sie gehört dem Manne, dem Dichter, dem Maler, dem Liebenden. Doch die *Ursache* – steht sie nicht in den Augen mancher höheren Seelen und mancher gigantischen Denker höher als die Natur? Die Ursache ist Gott. In dieser Sphäre der Ursachen leben Newton, Laplace, Kepler, Descartes, Malebranche, Spinoza, Buffon, die wahren Dichter und die Einsiedler des zweiten christlichen Zeitalters, die spanische Heilige Therese und die erhabenen Ekstatiker. Jedes menschliche Gefühl läßt Analogien auf diesen Zustand zu, worin der Geist die Ursache der Wirkung vorzieht. Auch Thaddäus hatte diese Höhe erreicht, wo alle Dinge ihr Aussehen wechseln. Im Banne unsäglicher Schöpferwonnen war Thaddäus in der Liebe das gleiche, was der Genius in seinen höchsten Ruhmestiteln ist.

»Nein, sie ist nicht völlig irregeführt,« sagte er sich, seine Pfeife weiterrauchend. »Wenn sie einen Widerwillen gegen mich faßte, könnte sie mich unwiderruflich mit Adam verfeinden, und wenn sie mir schöne Augen machte, um mich zu quälen, was soll dann aus mir werden?«

Diese letztere, höchst dünkelhafte Annahme lag dem bescheidenen Wesen und der fast deutschen Schüchternheit des Kapitäns so fern, daß er sich Vorwürfe darüber machte und sich zu Bett legte. Er nahm sich vor, die Ereignisse abzuwarten, bevor er einen Entschluß faßte. Am nächsten Tage frühstückte Clementine vergnügt ohne Thaddäus, ohne seine Unfolgsamkeit zu bemerken. Es war ihr Empfangstag, an dem sie eine königliche Pracht entfaltete. Sie bemerkte die Abwesenheit des Kapitäns nicht, auf dessen Schultern alle Einzelheiten dieser Galatage ruhten.

»Gut!« sagte Paz bei sich, als er die Equipagen um zwei Uhr davonrollen hörte. »Die Gräfin hat nur einer Laune oder einer Pariser Neugier gefrönt.« Er nahm also sein gewohntes Benehmen wieder an, das jener Zwischenfall für einen Augenblick gestört hatte. Dank den Ablenkungen des Pariser Lebens schien Clementine ihn vergessen zu haben. Glaubt man etwa, es wäre nichts, dies unbeständige Paris zu beherrschen? Glaubt man etwa, man setzte bei diesem hohen Spiel nur sein Vermögen ein? Die Winter sind für eine Modedame das gleiche, was die Feldzüge früher für die Soldaten des Kaiserreichs waren. Welch ein Werk der Kunst und des Geistes ist eine Toilette oder eine Frisur, die Aufsehen erregen soll! Eine zarte und schwächliche Frau trägt ihren harten, glänzenden Harnisch von Blumen und Diamanten, Seide und Stahl von neun Uhr abends bis um zwei, ja drei Uhr nachts. Sie ißt wenig, um die Blicke auf ihre schlanke Taille zu lenken. Dem Hunger, den sie während der Gesellschaft verspürt, begegnet sie mit entkräftenden Tassen Tee, süßem Kuchen, erhitzendem Eis und Schnitten schweren Gebäcks. Der Magen muß sich den Geboten der Gefallsucht fügen. Das Erwachen erfolgt sehr spät. Dann steht alles in Gegensatz zu den Naturgesetzen, und die Natur ist unerbittlich. Kaum aufgestanden, macht sich eine Modedame an die Morgentoilette und überlegt, was sie am Nachmittag anziehen wird. Hat sie keine Besuche anzunehmen oder zu machen, ins Bois zu reiten oder zu fahren? Muß sie sich nicht täglich in der hohen Schule des Lächelns üben, den Geist anspannen, um Komplimente zu schmieden, die weder trivial noch gesucht erscheinen? Und nicht allen Frauen gelingt das. Man wundere sich also nicht beim Anblick einer jungen Frau, die vor drei Jahren frisch in die Gesellschaft getreten und nun verwelkt und verbraucht ist! Sechs Monate Landaufenthalt vermögen die Wunden des Winters kaum zu heilen. Man hört heute nur von Magenkrankheiten, von seltsamen Leiden, die übrigens den Frauen, die sich um ihren Haushalt kümmern, unbekannt sind. Früher zeigte sich die Dame hin und wieder, heute ist sie stets in Szene. Clementine hatte zu kämpfen. Man begann ihren Namen zu nennen, und in den Sorgen, die dieser Kampf zwischen ihr und ihren Nebenbuhlerinnen erweckte, hatte sie kaum Zeit, ihren Mann zu lieben.

Thaddäus konnte wohl vergessen werden. Und doch! Einen Monat später, im Mai, wenige Tage vor der Abreise nach dem Gut Ronquerolles in Burgund, als sie vom Bois zurückkehrte, erblickte sie in der Seitenallee der Champs Elysées Thaddäus, sorgfältig gekleidet und voller Begeisterung, als er seine schöne Gräfin in ihrer Kalesche mit den flinken Pferden, den funkelnden Livreen, kurz, sein teures, bewundertes Paar erblickte.

»Sieh da, der Kapitän!« sagte sie zu ihrem Gatten.

»Wie er strahlt!« sagte Adam. »Das sind seine Feste. Keine Equipage ist besser gehalten als die unsre, und er genießt es, daß alle Welt uns unser Glück neidet. Ach, du bemerkst ihn zum erstenmal, und er steht fast täglich dort.«

»Woran mag er denken?« fragte Clementine.

»Er denkt in diesem Augenblick, daß der Winter sehr teuer war und daß wir bei deinem alten Onkel Ronquerolles sparen werden,« entgegnete Adam.

Die Gräfin befahl, bei Paz anzuhalten, und lud ihn neben sich in ihre Kalesche ein. Thaddäus wurde kirschrot.

»Ich werde Sie verpesten,« sagte er, »ich habe Zigarren geraucht.«

»Verpestet Adam mich nicht?« fragte sie lebhaft.

»Ja, aber es ist doch Adam!« erwiderte der Kapitän.

»Und warum soll Thaddäus nicht das gleiche Vorrecht genießen?« lächelte die Gräfin.

Dies göttliche Lächeln besaß solche Macht, daß es Pazens heroischen Entschluß besiegte. Er blickte Clementine mit der ganzen Glut seiner Seele an, aber diese Glut wurde gedämpft durch den himmlischen Ausdruck der Dankbarkeit, die das Leben dieses Mannes erfüllte. Die Gräfin kreuzte ihre Arme unter ihrem Schal, lehnte sich sinnend in die Kissen, so daß sie die Federn ihres hübschen Hutes drückte, und blickte auf die Vorübergehenden. Dieser Blitz einer großen und bisher entsagenden Seele reizte ihr Feingefühl. Welche Vorzüge besaß Adam schließlich in ihren Augen ? Mutig und hochherzig zu sein, war doch nur natürlich! Aber der Kapitän!... Thaddäus war Adam unendlich überlegen oder schien es doch zu sein. Verhängnisvolle Gedanken ergriffen die Gräfin, als sie von neuem den Unterschied zwischen der schönen Vollnatur des Thaddäus und der dürftigen Natur Adams bemerkte, einem Zeichen für die notgedrungene Entartung alter Adelsgeschlechter, die so töricht sind, stets untereinander zu heiraten. Diese Gedanken erfuhr nur der Teufel, denn die junge Frau blieb bis zum Hause stumm und träumte unbestimmt vor sich hin.

»Sie essen mit uns, sonst bin ich böse, daß Sie mir ungehorsam waren,« sagte sie beim Eintreten. »Sie sind für mich Thaddäus, so gut wie für Adam. Ich weiß, welchen Dank Sie ihm schulden, aber ich weiß auch, was wir Ihnen alles zu danken haben. Für zwei ganz natürliche hochherzige Handlungen sind Sie täglich und stündlich hochherzig. Mein Vater kommt zum Essen zu uns, ebenso mein Onkel Ronquerolles und meine Tante Sérizy. Ziehen Sie sich an,« sagte sie und ergriff seine Hand, die er ihr entgegenstreckte, um ihr beim Aussteigen behilflich zu sein.

Thaddäus ging hinauf, um sich anzukleiden. Sein Herz frohlockte und krampfte sich doch zugleich in furchtbarem Zittern zusammen. Er kam so spät wie möglich herunter und spielte während der Mahlzeit wieder seine militärische Rolle, die nur für einen Haushofmeister paßte. Aber diesmal ließ Clementine sich durch Paz nicht irreführen; sie wußte seit jenem Blicke Bescheid. Ronquerolles, der geschickteste Botschafter nächst dem Fürsten Talleyrand und jetzt eine Hauptstütze de Marsays während seines kurzen Ministeriums, erfuhr von seiner Nichte die ganze Bedeutung von Paz, der sich so bescheiden als bloßen Verwalter seines Freundes Mizislas hinstellte.

»Wie kommt es, daß ich den Grafen Paz zum erstenmal sehe?« fragte der Marquis von Ronquerolles.

»Ei, er ist verschlossen und menschenscheu,« versetzte Clementine und warf Paz einen Blick zu, damit er sein Benehmen ändre.

Wir müssen es gestehen, auf die Gefahr hin, den Kapitän herab-zusetzen: Paz war wohl seinem Freund Adam überlegen, aber kein bedeutender Mann. Seine offenbare Überlegenheit dankte er dem Unglück. In den Tagen des Elends und der Einsamkeit in Warschau las er, unterrichtete sich, verglich und dachte nach, aber den schöp-ferischen Funken, der den großen Mann macht, besaß er nicht. Und läßt er sich je erwerben? Paz hatte allein ein großes Herz und streif-te hier das Erhabene, aber in der Geistessphäre war er mehr ein Mann der Tat als des Gedankens und behielt seine Gedanken für sich. Sein Denken diente damals nur dazu, ihm das Herz zu zerna-gen. Und was ist zudem ein unausgedrückter Gedanke? Bei Cle-mentines Bemerkung tauschten der Marquis von Ronquerolles und seine Schwester einen eigentümlichen Blick und sahen dabei auf ihre Nichte, Graf Adam und Paz. Es war eine jener ganz kurzen Szenen, die nur in Italien und Paris möglich sind. An diesen beiden Stätten, sämtliche Höfe ausgenommen, können die Augen alles sagen. Um die ganze Kraft der Seele ins Auge zu legen, ihm die Macht der Rede zu geben, ein Gedicht, ein Drama mit einem Schlag auszudrücken, dazu bedarf es entweder äußerster Knechtschaft oder höchster Freiheit. Adam, der Marquis du Rouvre und die Grä-fin bemerkten diese blitzartige Erkenntnis einer alten Kokette und eines alten Diplomaten nicht, aber Paz, der treue Hund, begriff, was dieser Blick verhieß. Es war wohlgemerkt das Werk zweier Sekun-den. Den Orkan schildern zu wollen, der die Seele des Kapitäns durchtobte, wäre in der heutigen Zeit zu weitläufig.

»Wie! Onkel und Tante glauben schon, ich könnte Liebe finden?« sagte er sich im stillen. »Jetzt hängt mein Glück nur noch von mei-ner Keckheit ab! ... Und Adam? ...«

Ideale Liebe und Verlangen, beide ebenso mächtig wie Dankbar-keit und Freundschaft, kämpften miteinander, und die Liebe trug für einen Augenblick den Sieg davon. Der arme bewundernswerte Liebhaber wollte auch seinen guten Tag haben! Paz wurde geist-reich, wollte gefallen und erzählte in großen Zügen den polnischen Aufstand, als der Diplomat ihn um eine Aufklärung bat. Nun sah Paz, es war beim Nachtisch, wie Clementine an seinen Lippen hing, ihn für einen Helden hielt und vergaß, daß Adam ein Drittel seines Riesenvermögens geopfert und die Leiden der Verbannung in Kauf genommen hatte. Um neun Uhr, nach dem Kaffee, gab Frau von

Sérizy ihrer Nichte einen Kuß auf die Stirn, drückte ihr die Hand und nötigte Graf Adam mitzugehen. Der Marquis du Rouvre und Herr von Ronquerolles blieben noch zehn Minuten und gingen dann gleichfalls. Paz und Clementine blieben allein. »Ich will Sie verlassen, Gräfin,« sagte Thaddäus, »denn Sie werden zu den andern in die Oper fahren.«

»Nein,« entgegnete sie, »das Ballett macht mir keinen Spaß. Außerdem wird heute ein scheußliches Ballett gegeben: ›Der Aufruhr im Serail‹.« Einen Augenblick herrschte Stille.

»Vor zwei Jahren wäre Adam nicht ohne mich gegangen,« fuhr sie fort, ohne Paz anzublicken.

»Er liebt Sie wahnsinnig« ... versetzte Thaddäus.

»Nun, weil er mich wahnsinnig liebt, wird er mich morgen vielleicht nicht mehr lieben!« rief die Gräfin aus.

»Die Pariserinnen sind unerklärlich,« bemerkte Thaddäus. »Liebt man sie *wahnsinnig*, so wollen sie *verständig* geliebt werden, und liebt man sie *verständig*, so bekommt man den Vorwurf, man verstände nichts von Liebe.«

»Und doch haben sie stets recht, Thaddäus,« lächelte die Gräfin. »Ich kenne Adam gut und grolle ihm nicht. Er ist leichtsinnig und vor allem ein großer Herr. Er wird stets zufrieden sein, mich zur Frau zu haben, und wird mir in keiner meiner Neigungen hinderlich sein. Aber ...«

»In welcher Ehe gibt es kein *Aber*?« versetzte Thaddäus sanft, um den Gedanken der Gräfin eine andere Richtung zu geben.

Auch der zaghafteste Mann hätte nun wohl den Gedanken gefaßt, der den Liebenden fast toll machte: »Wenn ich ihr nicht sage, daß ich sie liebe, bin ich ein Tropf!«

Zwischen beiden herrschte eine Weile ein furchtbares, gedankenschweres Schweigen. Die Gräfin beobachtete Paz verstohlen und ebenso beobachtete er sie in einem Spiegel. Er lehnte sich in seinen Sessel zurück, wie ein satter Mann, der verdaut, mit der Gebärde eines Gatten oder eines gleichgültigen Greises, verschränkte seine Hände auf dem Bauche, drehte rasch und mechanisch die Daumen umeinander und blickte stumpfsinnig auf dies Spiel.

»Aber sagen Sie mir doch etwas Gutes von Adam!« rief Clementine aus. »Sagen Sie mir, er ist nicht leichtsinnig. Sie kennen ihn doch!«

Dieser Ausruf war großartig.

»Nun ist also der Augenblick da, wo ich unübersteigliche Schranken zwischen uns aufrichten muß,« dachte der arme Paz und sann über eine heroische Lüge nach. »Gutes?« ... wiederholte er laut. »Ich liebe ihn zu sehr, Sie würden es mir nicht glauben. Ich bin unfähig, etwas Schlechtes von ihm zu sagen. Also ... ist meine Rolle zwischen Ihnen beiden recht schwierig.«

Clementine senkte den Kopf und blickte auf die Spitzen von Pazens Lackschuhen.

»Ihr Nordländer habt nur körperlichen Mut,« murmelte sie. »Es fehlt euch an Konsequenz in euren Entschlüssen.«

»Was wollen Sie allein tun, Gräfin?« fragte Paz mit der Miene vollkommener Harmlosigkeit.

»Wollen Sie mir nicht Gesellschaft leisten?«

»Verzeihen Sie, wenn ich gehe ...«

»Wie! Wohin gehen Sie?«

»Ich gehe in den Zirkus. Heute ist die erste Vorstellung in den Champs Elysees. Ich darf nicht fehlen ...«

»Warum?« forschte Clementine mit fast wütendem Blick.

»Muß ich Ihnen mein Herz öffnen?« entgegnete er errötend. »Muß ich Ihnen anvertrauen, was ich meinem lieben Adam verhehle? Denn er glaubt, ich liebte nur Polen.«

»Ach, ein Geheimnis bei unserm edlen Kapitän?«

»Eine Gemeinheit, die Sie begreifen und über die Sie mich trösten werden.«

»Sie gemein? ...«

»Ja, ich, Graf Paz, ich bin toll verliebt in ein Frauenzimmer, das mit der Familie Bouthor durch Frankreich zog. Das waren Zirkusbesitzer nach der Art des Zirkus Franconi, aber sie verdienten ihr

Geld nur auf Jahrmärkten. Ich sorgte dafür, daß sie vom Olympia-Zirkus engagiert wurde.«

»Ist sie schön?« fragte die Gräfin.

»Für mich, ja,« entgegnete er schwermütig. »Malaga – so lautet ihr Künstlername – ist kräftig, behend und geschmeidig. Warum ich sie *allen Frauen der Welt vorziehe*? Wahrhaftig, ich vermag es nicht zu sagen. Wenn ich sie sehe, die schwarzen Haare von einem blauen Atlasband zusammengehalten, das auf ihre bloßen olivengelben Schultern herabfällt, in einer weißen Tunika mit goldner Borte und in einem Seidentrikot, das sie zur lebenden griechischen Statue macht, an den Füßen gestreifte Atlasschuhe, wie sie dann mit Fahnen in der Hand beim Klange der Militärmusik durch einen riesigen Reifen springt, dessen Seidenpapier in der Luft zerreißt, wenn das Pferd in gestrecktem Galopp unter ihr wegeilt und sie mit Anmut wieder auf seinen Rücken fällt, wenn das ganze Volk ohne bestellte Klaque Beifall klatscht ... ja, das packt mich.«

»Mehr als eine schöne Frau auf dem Ball?« fragte Clementine mit herausfordernder Überraschung.

»Ja,« antwortete Paz mit erstickter Stimme. »Diese wunderbare Behendigkeit, diese beständige Anmut in beständiger Gefahr scheint mir der schönste Triumph einer Frau ... Ja, meine Gnädigste, die Cinti und Malibran, die Grisi und Taglioni, die Pasta und die Eißler – alles, was auf den Brettern herrscht oder geherrscht hat, scheint mir unwert, Malaga das Schuhband zu lösen – ihr, die im rasendsten Galopp vom Pferde springt und sich wieder hinaufschwingt, die sich links herunterläßt, um rechts wieder aufzuspringen, die das wildeste Pferd wie ein weißes Irrlicht umschwirrt, die auf einer Fußspitze stehen kann und sitzend, mit herabhängenden Beinen, auf den Rücken des galoppierenden Pferdes fällt, die auf einem ungezäumten Renner steht und dabei strickt, Eier zerschlägt und zur tiefsten Bewunderung des Volkes, des wahren Volkes, Bauern und Soldaten, einen Eierkuchen bäckt! Einst trug diese reizende Kolombine bei der Schaustellung Stühle auf ihrer Nasenspitze, der schönsten griechischen Nase, die ich sah. Malaga, meine Gnädigste, ist die Geschicklichkeit selbst. Sie hat die Kraft eines Herkules und kann sich mit ihrer zierlichen Hand oder mit ihrem kleinen Fuß drei bis vier Männer vom Leibe halten. Kurz, sie ist die Göttin der Gymnastik.«

»Sie muß stumpfsinnig sein ...«

»Oh!« entgegnete Paz, »unterhaltend wie die Heldin in ›Peveril du Pic‹! Sie ist sorglos wie eine Zigeunerin, sagt alles heraus, was ihr gerade einfällt, sorgt sich um die Zukunft soviel wie Sie um die Heller, die Sie den Armen hinwerfen, und sie hat herrliche Einfälle. Nie wird man ihr beweisen, ein alter Diplomat sei ein schöner junger Mann; eine Million würde sie nicht dazu bekehren. Ihre Liebe ist für einen Mann eine dauernde Schmeichelei. Sie ist von wahrhaft unverschämter Gesundheit. Ihre Zähne sind zweiunddreißig Perlen von köstlichstem Schmelz in Korallenfassung. Ihre Schnute, so nennt sie den Unterteil ihres Gesichtes, hat nach Shakespeares Wort den Saft und die Frische eines Färsenmauls. Und das ist tief betrübend! Sie liebt schöne Männer, starke Männer, Adolf, August, Alexander, Gaukler und Hanswürste. Ihr Lehrer, ein scheußlicher Kassander, prügelte sie halbtot, und sie brauchte tausend Schläge, bis sie ihre Geschmeidigkeit, Anmut und Unerschrockenheit hatte.«

»Sie sind ja berauscht von Malaga.«

»So nennt sie sich nur auf den Anzeigen,« sagte Paz mit beleidigter Miene. »Sie wohnt Rue Saint-Lazare in einer kleinen Wohnung im dritten Stock, in Samt und Seide, und lebt da wie eine Prinzessin. Sie führt ein Doppeldasein, als Zirkusdame und als hübsches Mädchen.«

»Liebt sie Sie?«

»Sie liebt mich ... Sie werden lachen ... lediglich, weil ich ein Pole bin! Sie sieht die Polen stets nach dem Stich, auf dem Poniatowski in die Elster springt; denn für ganz Frankreich ist die Elster, in der niemand ertrinken kann, ein reißender Strom, der Poniatowski verschlang ... Bei alledem bin ich unglücklich, meine Gnädigste ...«

Eine Träne der Wut, die aus Thaddäus' Augen, troff, ergriff Clementine.

»Ihr Männer liebt das Ungewöhnliche.«

»Und die Frauen?« versetzte Thaddäus.

»Ich kenne Adam so gut, daß ich sicher bin, er würde mich über einer Kunstreiterin wie Ihre Malaga vergessen. Aber wo haben Sie sie getroffen?«

»In Saint-Cloud, im letzten September, am Jahrmarktstage. Sie stand in der Ecke des mit Leinwand überspannten Schaugerüstes. Ihre Gefährtinnen, sämtlich in polnischer Tracht, machten eine schreckliche Katzenmusik. Nur sie war stumm und schweigsam; ich glaubte schwermütige Gedanken bei ihr zu erraten. Hatte sie keinen Grund dazu bei ihren zwanzig Jahren? Das hat mich gerührt.«

Die Gräfin hatte eine köstliche Haltung eingenommen. Sie war nachdenklich, fast traurig. »Armer, armer Thaddäus!« sagte sie. Und mit der Gutmütigkeit einer wirklich großen Dame setzte sie nicht ohne ein feines Lächeln hinzu:

»Gehen Sie! Gehen Sie in den Zirkus!«

Thaddäus ergriff ihre Hand, küßte sie und ließ eine heiße Träne darauf fallen. Dann ging er. Nachdem er seine Leidenschaft für eine Kunstreiterin erfunden hatte, mußte er ihr auch Gestalt geben. An seiner ganzen Geschichte war nichts wahr, als die kurze Beachtung, die die berühmte Malaga, die Kunstreiterin der Familie Bouthor, in Saint-Cloud gefunden hatte. Ihr Name war ihm des Morgens auf dem Anschlag des Zirkus aufgefallen. Er hatte den Hanswurst mit einem Fünffrankenstück bestochen und von diesem erfahren, daß Malaga ein Findelkind und vielleicht gestohlen war. Thaddäus ging also in den Zirkus, um die schöne Kunstreiterin wiederzusehen. Mit Hilfe von zehn Franken erfuhr er durch einen Stallknecht, der dort die Theater-Ankleidefrauen vertrat, daß Malaga Margarethe Turquet: hieß und in der Rue des Fossés du Temple im fünften Stock wohnte.

Am nächsten Tage ging Paz, den Tod in der Seele, nach dem Faubourg du Temple und fragte nach Fräulein Turquet, während der Sommerzeit Stellvertreterin der ersten Kunstreiterin des Zirkus und im Winter Statistin im Boulevardtheater.

»Malaga!« schrie die Portiersfrau und stürzte nach ihrer Dachstube hinauf. »Ein schöner Herr für Sie! Er erkundigt sich grade bei Chapuzot, der ihn hinhält, damit ich Zeit habe, Ihnen Bescheid zu sagen.«

»Danke, Frau Chapuzot. Aber was wird er sagen, wenn er sieht, daß ich meinen Rock bügle?«

»Ach was! wenn man liebt, liebt man alles an der Liebsten.«

»Ist's ein Engländer? Das sind Pferdeliebhaber.«

»Nein, er sieht wie ein Spanier aus.«

»Um so schlimmer! Die Spanier sollen in der Klemme sein ... Bleiben Sie doch bei mir, Frau Chapuzot, damit es nicht aussieht, als ob ich allein bin ...«

»Was wünscht der Herr?« fragte die Portiersfrau, indem sie Thaddäus die Tür öffnete.

»Fräulein Turquet.«

»Meine Tochter,« sagte die Portiersfrau, sich aufspielend, »hier ist jemand, der dich sprechen will.«

Der Kapitän stieß mit dem Kopf an eine Leine, an der Wäsche trocknete, und sein Hut fiel zu Boden.

»Was wünschen Sie, mein Herr?« fragte Malaga, Pazens Hut aufhebend.

»Ich sah Sie im Zirkus. Sie erinnerten mich an eine Tochter, die ich verloren habe, Fräulein; und aus Liebe zu meiner Héloise, der Sie auffällig ähneln, möchte ich Ihnen Gutes tun, wenn Sie gestatten.«

»Wieso? Aber setzen Sie sich doch, General!« sagte Frau Chapuzot. »Nein, wie anständig, wie galant.«

»Ich bin kein Galan, liebe Dame,« versetzte Paz. »Ich bin ein verzweifelter Vater, der sich durch eine Ähnlichkeit täuschen will.«

»So soll ich für Ihre Tochter gelten?« fragte Malaga sehr fein. Sie ahnte nicht, welch tiefe Wahrheit in diesem Vorschlag lag. »Ja,« sagte Paz. »Ich werde Sie bisweilen besuchen kommen, und damit die Täuschung vollkommen ist, will ich Sie in einer schönen, reich möblierten Wohnung unterbringen ...«

»Ich soll Möbel bekommen!« rief Malaga und blickte Frau Chapuzot an.

»Und Dienstboten,« fuhr Paz fort, »und alle Bequemlichkeit.«

Malaga blickte den Fremden forschend an.

»Aus welchem Lande sind Sie?«»Ich bin Pole.«

»Dann nehme ich's an,« versetzte sie.

Paz ging und versprach wiederzukommen.

»Der ist aber stark!« sagte Margarethe Turquet und blickte Frau Chapuzot an. »Ich fürchte nur, der Mann will mich ködern, um irgendeine Laune zu befriedigen. Bah, ich riskiere es!«

Einen Monat nach diesem seltsamen Besuch wohnte die schöne Kunstreiterin in einer vom Tapezierer des Grafen Adam prächtig ausgestatteten Wohnung, denn Paz wollte, daß im Hause Laginski von seiner Torheit geredet würde. Malaga, für die dies Abenteuer ein Traum aus Tausend und Einer Nacht war, hatte das Ehepaar Chapuzot als Dienstboten und Vertraute zu sich genommen. Die Chapuzots und Margarethe Turquet erwarteten irgendeine Lösung, aber ein Vierteljahr verfloß, ohne daß weder Malaga noch die Chapuzot sich die Laune des polnischen Grafen zu erklären vermochten. Paz pflegte jede Woche eine Stunde hinzukommen. Er blieb die ganze Zeit im Salon und wollte nie das Wohnzimmer noch gar das Schlafzimmer Malagas betreten, trotz aller geschickten Manöver der Kunstreiterin und der Chapuzots. Der Graf fragte nach den kleinen Erlebnissen, die das Leben der Zirkusdame ausmachten, und ließ jedesmal zwei Vierzigfrankenstücke auf dem Kaminsims zurück.

»Er sieht recht gelangweilt aus,« bemerkte Frau Chapuzot.

»Ja,« antwortete Malaga, »dieser Mann ist kalt wie Eis ...«

»Trotzdem ist er ein guter Kerl!« rief Chapuzot, hocherfreut über seinen blauen Tuchanzug, der ihm das Aussehen eines Bürodieners aus dem Ministerium gab.

Durch seine regelmäßigen Spenden gab Paz der Margarethe Turquet eine monatliche Rente von 320 Franken. Diese Summe, im Verein mit ihrem kärglichen Zirkusgehalt, gestattete ihr ein glänzendes Dasein im Vergleich zu ihrem früheren Elend. Unter den Zirkuskünstlern entstand ein seltsames Gerede über Malagas Glück. In ihrer Eitelkeit machte die Kunstreiterin aus den 6 000 Franken, die ihre Wohnung dem zurückhaltenden Kapitän kostete, das Zehnfache. Nach der Behauptung der Clowns und Statisten schwamm

Malaga in Geld. Außerdem erschien sie im Zirkus in reizenden Burnussen, Kaschmirschals und prächtigen Schärpen. Kurz, der Pole war das herrlichste Geschöpf, das einer Kunstreiterin begegnen konnte, durchaus nicht kleinlich und eifersüchtig. Vielmehr ließ er Malaga alle Freiheit.

»Es gibt Frauen, die es recht gut haben!« sagte Malagas Nebenbuhlerin. »Mir, die ein Drittel von den Einnahmen bekommt, würde so was nicht passieren.«

Malaga trug reizende Hütchen, zeigte bisweilen ihren Kopf (so lautet der reizende Ausdruck des Frauenzimmer-Lexikons) im Wagen im Bois de Boulogne, wo sie der eleganten Jugend aufzufallen begann. Kurz, man begann in der Halbwelt von Malaga zu sprechen und griff ihr Glück mit Verleumdungen an. Man behauptete, sie wäre ein Medium, und der Pole galt für einen Hypnotiseur, der den Stein der Weisen suchte. Einige noch giftigere Reden machten Malaga neugieriger als Psyche, sie erzählte sie Paz unter Tränen wieder.

»Wenn ich etwas gegen eine andere habe,« sagte sie zum Schluß, »so verleumde ich sie nicht. Ich behaupte nicht, man hypnotisierte sie, um Steine dabei zu finden. Ich sage, sie ist bucklig, und beweise es. Warum kompromittieren Sie mich?«

Paz wahrte das grausamste Schweigen. Die Chapuzot kriegte schließlich Namen und Titel von Thaddäus heraus, dann erfuhr sie im Hause Laginski Positives: Paz war Junggeselle. Daß eine Tochter von ihm gestorben sei, war nicht bekannt, weder in Polen noch in Frankreich. Nun konnte Malaga sich eines Gefühls des Schreckens nicht erwehren.

»Mein Kind,« sagte die Chapuzot, »dies Ungeheuer ...«

Ein Mann, der ein hübsches Mädchen wie Malaga nur verstohlen und schief anblickte, der sich über nichts auszusprechen wagte, kein Vertrauen hatte, mußte nach der Ansicht der Frau Chapuzot ein Ungeheuer sein.

»Dies Ungeheuer will dich nur ködern, um dich zu etwas Unrechtem oder zu einem Verbrechen zu mißbrauchen. Bei Gott, wenn du vor Gericht kämst oder gar, ich schaudre vom Kopf bis zu den Füßen, ich zittre, wenn ich nur davon spreche, vor die Zuchtpolizei, wenn dein Name in die Zeitungen kommt ... Weißt du, was ich an deiner Stelle täte? Na, an deiner Stelle machte ich zu meiner eigenen Sicherheit Anzeige bei der Polizei.«

Eines Tages quirlten die tollsten Gedanken in Malagas Hirn, und als Paz seine Goldstücke auf den Samt des Kaminsimses legte, nahm sie das Gold und warf es ihm mit den Worten ins Gesicht: »Ich will kein gestohlenes Geld!«

Der Kapitän gab Chapuzot das Geld und kam nicht wieder. Clementine verbrachte damals die schöne Jahreszeit auf dem Gut ihres Onkels, des Marquis von Ronquerolles in Burgund. Als die Zirkustruppe Thaddäus nicht mehr an seinem Platze sah, entstand ein Gerede unter den Künstlern. Die einen stellten Malagas Seelengröße als Dummheit hin, die andern als Gerissenheit. Auch den erfahrensten Frauen, denen das Benehmen des Polen erklärt wurde, kam es unerklärlich vor. Thaddäus bekam in einer einzigen Woche siebenunddreißig Briefe von leichtlebigen Weibern. Zu seinem Glück erregte seine erstaunliche Zurückhaltung keine Neugier in der großen Welt und blieb nur ein Gesprächsstoff der Halbwelt.

Zwei Monate später steckte die schöne Kunstreiterin tief in Schulden, und so schrieb sie ihm folgenden Brief, den die Dandys damals als Meisterstück ansahen.

»Sie, den ich noch meinen Freund zu nennen wage, haben Sie noch Mitleid mit mir nach dem Vorgefallenen, das Sie so falsch ausgedeutet haben? Alles, was Sie verletzen mochte – mein Herz leugnet es ab. Wenn ich das Glück hatte, daß Sie Gefallen am Zusammensein mit mir fanden, so kehren Sie wieder, sonst versinke ich in Verzweiflung. Das Elend ist bereits da, und Sie wissen nicht, was für dumme Sachen es mir beschert hat. Gestern habe ich von einem Hering für zwei Sous und einer Semmel für einen Sou gelebt. Ist das das Frühstück Ihrer Liebsten? Ich habe die Chapuzots, die mir so ergeben schienen, nicht mehr. Ihr Verschwinden hat mich auf den Grund der menschlichen Anhänglichkeit blicken lassen ... Ein Hund, den man gefüttert hat, verläßt einen nicht mehr; die Chapuzots sind fort. Ein Gerichtsvollzieher, der den Tauben spielte, hat alles im Namen des herzlosen Wirtes beschlagnahmt, und im Namen des Goldschmieds, der keine zehn Tage warten kann. Denn mit Ihrem Vertrauen ist auch der Kredit futsch! Welche Lage für

Frauen, die sich nichts vorzuwerfen haben als Freude! Mein Freund, ich habe alles, was irgend von Wert war, ins Leihhaus gebracht, ich habe nichts mehr als die Erinnerung an Sie, und die schlechte Jahreszeit steht vor der Tür. Im Winter werde ich ohne Heizung sein, denn im Boulevardtheater werden nur Stücke mit stummen Rollen gegeben, und ich habe dort nur ganz kleine Rollen zu spielen, die eine Frau nicht herausstreichen. Wie konnten Sie an der Lauterkeit meiner Gefühle für Sie zweifeln, denn schließlich haben wir doch nicht zweierlei Art, um unsere Dankbarkeit auszudrücken! Sie schienen so froh, daß es mir gut ging, und nun haben Sie mich im Elend gelassen! Oh, mein einziger Freund auf Erden, verzeihen Sie mir, daß ich wissen wollte, ob ich Sie für ewig verloren habe, bevor ich wieder mit dem Zirkus Bouthor auf den Jahrmärkten herumziehe, denn so werde ich wenigstens meinen Unterhalt verdienen! Wenn ich in dem Augenblick, wo ich durch den Reifen springe, an Sie denken muß, kann ich mir leicht die Beine brechen, indem ich ein Tempo verpasse! Wie es aber auch sei, ich bin fürs Leben Ihre

Margarethe Turquet.«

»Dieser Brief,« sagte sich Thaddäus herausplatzend, »ist meine 10 000 Franken wert!«

Clementine kehrte am nächsten Tage zurück, und Paz sah sie am folgenden Tage schöner und anmutiger denn je. Während der Mahlzeit trug die Gräfin gegen Thaddäus die größte Gleichgültigkeit zur Schau, aber nachher, als der Kapitän fortgegangen war, kam es zu einer Szene zwischen dem Grafen und seiner Gattin. Unter dem Vorwand, Adam um Rat zu fragen, hatte Thaddäus ihm gleichsam versehentlich Malagas Brief dagelassen.

»Armer Thaddäus!« sagte Adam zu seiner Gattin, als Paz sich gedrückt hatte. »Welch ein Unglück für einen Mann seines Ranges, der Spielball einer Kunstreiterin niedrigster Sorte zu sein! Er wird dabei alles verlieren, wird sich erniedrigen, wird in kurzem nicht wiederzuerkennen sein. Da, Liebste, lies,« sagte der Graf und reichte seiner Gattin Malagas Brief.

Clementine las den Brief, der nach Tabak roch, und warf ihn mit einer Gebärde des Ekels fort. »Wie dicht die Binde auch sei, die er vor den Augen trägt,« versetzte Adam, »irgend etwas wird er doch gemerkt haben. Malaga wird ihm Streiche gespielt haben.«

»Und er geht wieder zu ihr!« sagte Clementine. »Er wird ihr verzeihen. Nur für solche scheußlichen Weiber habt ihr ja Nachsicht!«

»Sie haben es auch sehr nötig,« versetzte Adam.

»Thaddäus kam wieder zu sich ..., als er ihr fernblieb,« fuhr sie fort.

»Oh, mein Engel, du gehst sehr weit,« sagte der Graf. Es war ihm zwar sehr lieb gewesen, seinen Freund in den Augen seiner Gattin herabzusetzen, aber den Tod des Sünders wollte er nicht.

Thaddäus, der Adam genau kannte, hatte ihn um tiefste Verschwiegenheit gebeten. Er hatte gleichsam gebeichtet, um Verzeihung für seine Verschwendung zu finden und seinen Freund um die Erlaubnis zu bitten, tausend Taler für Malaga zu leihen.

»Er ist ein Mann von stolzem Charakter,« fuhr Adam fort.

»Wieso?«

»Nun, er hat nicht mehr als 10 000 Franken für sie verausgabt und läßt sich einen solchen Brief schreiben, ehe er ihr das Geld zur Bezahlung ihrer Schulden bringt! Für einen Polen, weiß Gott, ist das viel.«

»Aber er kann dich doch zugrunde richten,« sagte Clementine mit dem scharfen Ton der Pariserin, wenn sie ihr katzenhaftes Mißtrauen äußert.

»Oh, ich kenne ihn!« entgegnete Adam, »er würde Malaga für uns preisgeben.«

»Das werden wir sehen,« erwiderte die Gräfin. »Wäre es zu seinem Glück nötig, so zauderte ich nicht, ihn zu bitten, daß er sie aufgibt. Wie Konstantin mir sagte, ist Paz, der bis dahin so nüchtern war, zur Zeit seines Verhältnisses bisweilen stark angeheitert heimgekehrt ... Artete er zum Trunkenbold aus, ich wäre ebenso betrübt, wie bei meinem eigenen Kinde.«

»Ich will nichts mehr davon hören,« rief die Gräfin mit einer neuen Gebärde des Ekels.

Zwei Tage später merkte der Kapitän am Benehmen, am Tonfall und in den Augen der Gräfin die furchtbare Wirkung von Adams Indiskretion. Die Verachtung hatte Abgründe zwischen dieser rei-

zenden Frau und ihm aufgerissen. So versank er denn in tiefe
Schwermut und wurde von dem Gedanken verzehrt:

»Du selbst hast dich ihrer unwürdig gemacht!«

Das Leben wurde ihm zur Last, die schönste Sonne war in seinen
Augen grau. Und doch fand er in diesem Meer bittrer Schmerzen
noch Augenblicke der Freude: ungefährdet konnte er sich seiner
Bewunderung für die Gräfin überlassen, die ihn nicht mehr der
geringsten Beachtung würdigte, wenn er bei Festen stumm, aber
ganz Auge und Herz, in einer Ecke stand und keine ihrer Stellun-
gen, keins ihrer Lieder verlor, wenn sie sang. Er lebte endlich wieder jenes schöne Leben, konnte selbst das Pferd pflegen, das *sie* ritt,
konnte sich der Wirtschaft dieses glänzenden Hauses widmen, für
dessen Gedeihen er seine Hingebung verdoppelte. Diese stummen
Freuden blieben in seinem Herzen begraben wie die einer Mutter,
von deren Herzen das Kind ja auch nichts weiß; denn ist das Wissen, wenn man etwas nicht weiß? War dies nicht schöner als Petrar-
cas keusche Liebe für Laura, die sich noch schließlich bezahlt machte – durch einen Schatz von Ruhm und den Triumph der Dicht-
kunst, die sie eingeflößt hatte? Wiegt das Gefühl, das ein d'Assas
bei seinem freiwilligen Heldentod empfand, nicht ein Leben auf?
Dies Gefühl hatte Paz täglich, ohne zu sterben, freilich auch ohne
den Lohn der Unsterblichkeit. Was liegt also in der Liebe, wenn Paz
trotz dieser geheimen Wonnen von Kummer verzehrt ward? Der
Katholizismus hat die Liebe so groß gemacht, daß er in ihr Achtung
und Edelsinn sozusagen unlöslich verbunden hat. Liebe ist ohne die
hohen Eigenschaften, auf die der Mensch stolz ist, nicht möglich,
und man wird so selten geliebt, wenn man verachtet wird, daß
Thaddäus an den selbstgeschlagenen Wunden starb. Zu hören, daß
sie ihn geliebt hätte, und zu sterben! ... Damit hätte der arme Liebhaber sein Leben hinreichend bezahlt gefunden. Die Ängste seines
früheren Daseins schienen ihm erträglicher, als das Leben in ihrer
Nähe, wo er sie mit Edelmut überhäufte, ohne anerkannt, verstanden zu werden. Kurz, er wollte den Lohn seiner Tugend! Er wurde
mager und gelb, bekam einen Fieberanfall und wurde so krank, daß
er den Januar hindurch das Bett hüten mußte, wollte aber keinen
Arzt kommen lassen. Graf Adam machte sich lebhafte Sorge um
seinen armen Thaddäus. Die Gräfin war so grausam, in kleinem

Kreise zu sagen: »Laßt ihn doch! Seht ihr nicht, daß er an einer olympischen Krankheit leidet?«

Dies Wort gab Thaddäus den Mut der Verzweiflung. Er stand auf, ging aus, versuchte sich zu zerstreuen und genas.

Im Februar verlor Adam eine ziemlich beträchtliche Summe im Jockei-Klub, und da er vor seiner Frau Angst hatte, bat er Thaddäus, die Summe auf seine Vergeudungen für Malaga zu buchen.

»Was ist denn so Ungewöhnliches daran, daß diese Kunstreiterin dich 20 000 Franken gekostet hat? Das geht mich allein an. Wenn aber meine Frau wüßte, daß ich sie im Spiel verloren habe, sänke ich in ihrer Achtung; sie machte sich Sorge um die Zukunft.«

»Auch das noch!« rief Thaddäus aus und seufzte tief.

»Ach, Thaddäus, dieser Dienst machte uns quitt, stände ich nicht schon in deiner Schuld.«

»Adam, du wirst Kinder haben, spiele nicht mehr,« mahnte der Graf.

»Malaga kostet uns wieder 20 000 Franken!« rief die Gräfin aus, als sie ein paar Tage danach Adams Großmut gegen Paz erfuhr. »Vorher schon 10000, alles in allem 30000! Fünfzehnhundert Franken Zinsen, soviel wie meine Loge im Théâtre des Italiens, das Vermögen vieler Bürgersleute ... Oh! Ihr Polen,« sagte sie, während sie in ihrem schönen Treibhaus Blumen pflückte, »ihr seid unglaublich. Du bist nicht wütend darüber?«

»Der arme Paz ...«

»Der arme Paz, arme Paz,« unterbrach sie ihn, »wozu nützt er uns? Ich werde den Haushalt selbst führen. Du wirst ihm die 100 Louisdor Rente geben, die er ausschlug, und mit dem Olympia-Zirkus mag er sich auseinandersetzen, wie er will.«

»Er ist uns sehr nützlich, er hat uns seit Jahresfrist sicher mehr als 40 000 Franken erspart. Zudem, mein Engel, hat er uns 100 000 Franken bei Rothschild angelegt, und ein Verwalter hätte sie uns gestohlen ...«

Clementine besänftigte sich, aber gegen Thaddäus blieb sie gleich hart. Ein paar Tage danach bat sie Paz in das Boudoir, wo sie vor einem Jahre einen so überraschenden Vergleich zwischen ihm und dem Grafen gezogen hatte. Diesmal empfing sie ihn unter vier Augen, ohne die mindeste Gefahr darin zu sehen.

»Mein lieber Paz,« sagte sie zu ihm mit der rein äußerlichen Vertraulichkeit vornehmer Leute gegen ihre Untergebenen, »wenn Sie

Adam so lieben, wie Sie sagen, werden Sie etwas tun, um das er Sie nie bitten wird, das aber ich, seine Frau, ohne Zaudern von Ihnen fordere ...«

»Es handelt sich um Malaga,« sagte Thaddäus mit tiefer Ironie.

»Sehr wohl, ja. Wollen Sie Ihre Tage mit uns beschließen, wollen Sie, daß wir gute Freunde bleiben, so verlassen Sie sie. Wie, ein alter Soldat ...«

»Ich bin erst fünfunddreißig Jahre und habe kein weißes Haar.«

»Es sieht aber so aus,« sagte sie, »das ist das gleiche. Wie kann ein Mann, der so gut rechnet, so vornehm ist ...«

Es war schrecklich für ihn, daß sie dies Wort mit der offenbaren Absicht sagte, den Seelenadel, den sie bei ihm erloschen wähnte, zu erwecken.

»Ein Mann, der so vornehm ist,« fuhr sie nach einer unmerklichen Pause fort, die sie auf eine Gebärde von Paz machte, »sich wie ein Kind herein legen lassen! Ihr Abenteuer hat Malaga berühmt gemacht ... Nun also, mein Onkel wollte sie sehen und er hat sie gesehen. Mein Onkel ist nicht der einzige, Malaga empfängt munter alle Herren ... Ich glaubte, Sie hätten eine edle Seele ... Pfui! Sehen Sie mal, ist der Verlust für Sie denn so groß, daß er sich nicht gut machen läßt?«

»Gnädigste, wenn ich ein Opfer wüßte, um Ihre Achtung wieder zu erlangen, so wäre es bald gebracht. Aber Malaga zu verlassen, ist kein Opfer ...«

»In Ihrer Lage wüßte ich, was ich sagte, wenn ich ein Mann wäre,« entgegnete Clementine. »Nun also, wenn ich das als großes Opfer betrachte, so ist es kein Grund, sich zu verfeinden.«

Paz verließ sie voller Furcht, eine Torheit zu begehen. Er fühlte sich von tollen Gedanken gepackt. Er ging spazieren, trotz der Kälte leicht angezogen, ohne daß es ihm gelang, die Glut auf seinem Gesicht und auf seiner Stirn zu löschen.

»Ich glaubte, Sie hätten eine edle Seele!« Diese Worte tönten ihm immerfort im Ohre.

»Und vor einem Jahre,« sagte er sich, »habe ich nach Clementines Ansicht fast allein die Russen geschlagen!«

Er nahm sich vor, das Haus Laginski zu verlassen, bei den Spahis Dienst zu tun und sich in Afrika totschießen zu lassen. Aber eine schreckliche Furcht hielt ihn davon ab.

»Was wird ohne mich aus ihnen? Sie wären bald zugrunde gerichtet. Arme Gräfin! Welch schreckliches Dasein für sie, wenn sie auf 30 000 Franken Einkommen angewiesen wäre! Vorwärts,« sagte er sich. »Da sie für mich verloren ist, Mut gefaßt und weiter ans Werk!«

Wie bekannt, hat der Karneval in Paris seit 1830 einen wunderbaren Aufschwung genommen. Er ist zu einer europäischen Berühmtheit und ganz anders burlesk, ganz anders lebendig geworden, als ehemals der Karneval von Venedig. Vielleicht haben die Pariser bei der ungemeinen Abnahme der Vermögen eine Kollektivvergnügung erfunden, wie sie sich in ihren Klubs Salons ohne Hausherrin, ohne Höflichkeit und mit geringen Kosten geschaffen haben. Wie dem aber auch sei, im März drängte sich Ball an Ball, und Tanz, Posse, grobe Freude, Taumel, groteske Bilder und die vom Pariser Witz geschätzten Spöttereien wirkten sich ins Riesenhafte aus. Diese Tollheit hatte damals in der Rue Saint-Honoré ihr Pandämonium und in Musard ihren Napoleon. Das war ein kleiner Kerl, der eigens geschaffen schien, um eine so brausende Musik wie die der zügellosen Menge zu dirigieren und den Galopp anzuführen, diesen Hexensabbat, der zu den Ruhmestaten Aubers gehört, denn der Galopp hat seine Form und Poesie erst seit dem großen Galopp im »Gustav« erhalten. Ist dies gewaltige Finale doch gleichsam das Symbol eines Zeitalters, in dem sich seit fünfzig Jahren alles mit der Geschwindigkeit eines Traumes abspielt! Nun lud der ernste Thaddäus, der ein keusches Bild im Herzen trug, Malaga als Königin der Karnevalsbälle ein, eine Nacht im Ballhaus Musard zu verbringen. Er hatte nämlich erfahren, daß die Gräfin, bis an die Zähne verkleidet, mit zwei anderen jungen Frauen und deren Männern dem merkwürdigen Schauspiel eines dieser Riesenbälle beiwohnen wollte. Am Fastnachtstag des Jahres 1838, um vier Uhr morgens, saß die Gräfin in einem rosa Domino auf den Stufen eines Amphitheaters dieses babylonischen Saales, in dem seither Valentino seine

Konzerte gibt, und sah Thaddäus, als Robert Macaire verkleidet, mit der Kunstreiterin Galopp tanzen. Sie war als Wilde ausstaffiert, den Kopf mit einem Federschmuck, wie ein Pferd beim Krönungszuge und hüpfte durch die Gruppen wie ein wahrer Irrwisch.

»Ach!« sagte Clementine zu ihrem Gatten, »ihr Polen seid charakterlose Leute. Wer hätte Thaddäus nicht vertraut? Er hat mir sein Wort gegeben und wußte nicht, daß ich hier sein würde, um alles zu sehen, ohne selbst gesehen zu werden.«

Einige Tage danach kam Paz zum Mittagessen zu ihr. Nach der Mahlzeit ließ Adam sie allein und Clementine fuhr Thaddäus heftig an, um ihm fühlbar zu machen, daß sie ihn nicht mehr im Hause wünschte.

»Ja, Gnädigste,« sagte Thaddäus demütig, »Sie haben recht. Ich bin ein Elender, ich hatte mein Wort gegeben. Aber was wollen Sie! Ich habe den Bruch mit Malaga bis nach dem Karneval verschoben ... Ich werde übrigens offen sein: dies Weib übt solche Macht auf mich aus, daß ...«

»Eine Frau, die sich bei Musard von der Polizei an die Luft setzen läßt, und wegen welcher Tänze!«

»Zugegeben, Gnädigste, ich nehme mein Urteil an. Ich verlasse Ihr Haus, aber Sie kennen Adam. Überlasse ich Ihnen die Zügel Ihres Vermögens, so müssen Sie sie kräftig führen. Wenn ich diese Schwäche für Malaga habe, so verstehe ich doch auch, auf Ihre Geschäfte aufzupassen, Ihre Leute im Zaume zu halten und auf die geringsten Kleinigkeiten zu achten. Lassen Sie mich also erst fortgehen, wenn ich sehe, daß Sie meine Verwaltung fortzusetzen vermögen. Sie sind jetzt drei Jahre verheiratet, und die ersten Torheiten des Honigmonds liegen hinter Ihnen. Die Pariserinnen, auch die vornehmsten, verstehen es heute sehr gut, ein Vermögen und ein Haus zu verwalten ... Also, wenn ich sicher bin, weniger in betreff Ihrer Fähigkeit als Ihrer Ausdauer, verlasse ich Paris.«

»So spricht der Thaddäus von Warschau und nicht der Thaddäus vom Olympia-Zirkus,« entgegnete sie. »Kehren Sie geheilt zurück.«

»Geheilt?... Nie!« erwiderte Paz mit gesenktem Blick und schaute auf Clementines hübsche Füße. »Sie wissen nicht, Gräfin, wieviel Prickelndes und Unverhofftes diese Frau in ihrem Geiste hat.«

Und da er seinen Mut wanken fühlte, setzte er hinzu:

»Keine vornehme Dame mit ihren gezierten Manieren wiegt das freie Wesen dieses jungen Tieres auf ...«

»Ich möchte allerdings nichts Tierisches haben,« sagte die Gräfin und warf ihm den Blick einer wütenden Viper zu.

Seit diesem Morgen weihte Graf Paz Clementine in die Geschäfte ein, ward ihr Lehrer, zeigte ihr die Schwierigkeiten in der Verwaltung ihres Vermögens, lehrte sie den wahren Wert der Dinge erkennen und wie man es anfängt, von den Leuten nicht zu sehr bestohlen zu werden. Sie konnte auf Konstantin zählen und ihn zum Majordomus machen. Thaddäus hatte Konstantin ausgebildet. Im Mai schien ihm die Gräfin vollkommen imstande, ihr Vermögen zu verwalten, denn Clementine gehörte zu jenen Frauen mit richtigem Blick, sicherem Instinkt und angeborenen Hausfrauentugenden.

Diese Situation, die Thaddäus so ungezwungen herbeigeführt hatte, sollte doch einen furchtbaren Konflikt für ihn zur Folge haben, denn seine Leiden sollten nicht so sanft sein, wie er sie sich machte. Der arme Liebhaber hatte den Zufall nicht in Rechnung gestellt. Nun aber wurde Adam ernstlich krank. Anstatt fortzugehen, blieb Thaddäus als Krankenwärter seines Freundes. Die Hingebung des Kapitäns war unermüdlich. Eine Frau, der daran gelegen hätte, ihrem Scharfsinn Weitblick zu geben, hätte in dem Heroismus des Kapitäns eine Art Kasteiung erblickt, die edle Seelen sich auferlegen, um ungewollte, schlechte Gedanken zu unterdrücken. Aber die Frauen sehen entweder alles oder nichts, je nach ihrem Seelenzustand; die Liebe ist ihr einziger Leitstern.

Fünfundvierzig Tage lang wachte Paz und pflegte Mizislas, ohne anscheinend an Malaga zu denken, aus dem sehr einfachen Grunde, weil er nie an sie dachte. Als Clementine Adam dem Tode nahe sah, ohne daß er starb, zog sie die berühmtesten Ärzte zu Rate.

»Übersteht er das,« sagte der gelehrteste Arzt, »so geschieht es nur durch die Kraft der Natur. Seine Pfleger müssen diesen Augenblick abpassen und die Natur unterstützen. Das Leben des Grafen liegt in den Händen seiner Krankenwärter.«

Thaddäus teilte diesen Spruch Clementine mit, die gerade in dem chinesischen Pavillon saß, sowohl um sich von ihren Anstrengungen zu erholen, wie um den Ärzten das Feld zu räumen und ihnen nicht hinderlich zu sein. Als Clementines Anbeter den Windungen des Sandweges folgte, der aus dem Boudoir zu dem Felsen führte, auf dem der chinesische Pavillon stand, fühlte er sich gleichsam in der Tiefe eines jener Abgründe, die Dante beschrieben hat. Der Unglückliche hatte die Möglichkeit nicht bedacht, Clementines Gatte zu werden, und hatte sich selbst in ein schmutziges Loch eingeschlossen. Er erschien mit verstörtem Gesicht voll erhabenen Schmerzes. Sein Haupt verbreitete Verzweiflung, wie das der Medusa.

»Ist er tot? ...« fragte Clementine.

»Sie haben ihn aufgegeben; wenigstens überlassen sie alles der Natur. Gehen Sie nicht hin, sie sind noch da. Bianchon wird den Verband selbst abnehmen.«

»Der Arme! Ich frage mich, ob ich ihn nicht bisweilen gequält habe,« sagte sie.

»Sie haben ihn sehr glücklich gemacht, seien Sie darüber beruhigt,« sagte Thaddäus. »Und Sie waren voller Nachsicht gegen ihn ...«

»Sein Verlust wäre für mich unersetzlich.«

»Aber, Verehrte, gesetzt, daß der Graf stirbt, hatten Sie sich kein Urteil über ihn gebildet?«

»Ich liebte ihn nicht blind,« sagte sie, »aber ich liebte ihn, wie eine Frau ihren Mann lieben muß.«

»Sie müssen also,« fuhr Thaddäus mit einer Stimme fort, die Clementine bei ihm nicht kannte, »weniger Schmerz empfinden als beim Hinscheiden eines der Männer, die für die Frauen ihr Stolz, ihre Liebe und ihr ganzes Leben sind! Sie können gegen einen Freund wie ich aufrichtig sein ... *Ich* werde ihn betrauern! ... Lange vor Ihrer Heirat war er mir zum Sohne geworden, und ich habe ihm mein Leben geopfert. Ich werde also nichts mehr haben, was mich an die Welt bindet. Aber für eine vierundzwanzigjährige Witwe ist das Leben noch schön.«

»Ha, Sie wissen wohl, daß ich niemand liebe!« sagte sie mit der Schroffheit des Schmerzes.

»Sie wissen noch gar nicht, was Liebe ist,« versetzte Thaddäus.

»Ach, Gatte hin, Gatte her! Ich bin vernünftig genug, um ein Kind wie meinen guten Adam einem höheren Menschen vorzuziehen. Nun ist es bald ein Monat, daß wir uns fragen: ›Wird er am Leben bleiben?‹ Diese ewige Ungewißheit hat mich auf den Verlust vorbereitet, so gut wie Sie darauf vorbereitet sind. Ich kann gegen Sie offen sein. Nun also: ich gäbe mein Leben hin, um Adam zu retten. Erlaubt die Selbständigkeit einer Pariserin nicht, sich von der Scheinliebe verkrachter Existenzen oder Vergeuder umgarnen zu lassen? Ich möchte Gott bitten, daß er mir diesen Gatten läßt, der so gefällig, so gutmütig, so wenig kleinlich ist, und der mich schon zu fürchten begann.«

»Sie sind ehrlich, und ich mag Sie darum um so lieber,« sagte Thaddäus und küßte ihr die Hand. Clementine ließ es geschehen. »In solchen feierlichen Augenblicken liegt etwas Befriedigendes darin, eine Frau unverstellt zu sehen. Mit Ihnen läßt sich reden. Denken wir an die Zukunft; nehmen wir an, Gott erhörte Sie nicht, und ich bin doch einer von denen, die am meisten geneigt sind, ihn anzuflehen: ›Laß mir meinen Freund!‹ Ja, diese fünfzig Nächte haben meine Augen nicht geschwächt, und müßten wir ihn noch dreißig Tage und dreißig Nächte pflegen, so werden Sie schlafen, Gnädigste, wenn ich wache. Ich werde ihn schon dem Tode entreißen, wenn man ihn, wie die Ärzte sagen, durch Pflege retten kann. Kurz, trotz meiner und Ihrer Bemühungen stirbt der Graf. Nun also, wenn ein Mann von Herz Sie liebte, ja anbetete, ein Mann, dessen Charakter Ihrer würdig wäre...«

»Ich habe vielleicht wild gewünscht, geliebt zu werden, aber ich bin ihm nicht begegnet...«

»Wenn Sie getäuscht worden wären...«

Clementine blickte Thaddäus fest an. Sie vermutete bei ihm weniger Liebe als Begierde, überschüttete ihn mit Verachtung, indem sie ihn von Kopf bis zu Füßen maß, und vernichtete ihn mit den zwei Worten: »Arme Malaga!« Sie sagte das in drei Tonlagen, die allein die vornehmen Damen auf dem Register ihrer Verachtung haben. Sie stand auf und ließ Thaddäus gebrochen zurück. Sie drehte sich nicht um, ging in edler Wallung in ihr Boudoir und wieder in Adams Schlafzimmer hinauf.

Nach einer Stunde erschien Paz wieder im Krankenzimmer. Da der Schlag nicht tödlich war, bemühte er sich um den Grafen. Seit jenem schicksalsvollen Augenblick wurde er schweigsam. Zudem kämpfte er mit der Krankheit, bekämpfte sie in einer Weise, die den Ärzten Bewunderung abnötigte. Zu jeder Stunde sah man seine Augen wie zwei Lampen glühen. Ohne Clementine im geringsten zu grollen, hörte er ihre Dankesworte, ohne sie zu erwidern. Er schien stumm. Er hatte sich gelobt:

»Sie soll mir Adams Leben verdanken.«

Dies Wort schrieb er sozusagen mit feurigen Buchstaben in das Krankenzimmer. Am fünfzehnten Tage mußte Clementine ihre Pflege einschränken, wollte sie nicht zusammenbrechen. Paz war unermüdlich. Kurz, Ende August stand Bianchon, der Hausarzt, für das Leben des Kranken ein.

»Ach, Frau Gräfin, danken Sie mir gar nicht dafür,« sagte er. »Ohne seinen Freund hätten wir ihn nicht gerettet.«

Am Tage nach der schrecklichen Szene im chinesischen Pavillon besuchte der Marquis von Ronquerolles seinen Neffen, denn er reiste in geheimem Auftrag nach Rußland, und Paz, den das Gespräch am Tage vorher niedergeschmettert hatte, sagte dem Diplomaten ein paar Worte. An dem Tage nun, wo Graf Adam mit seiner Gattin zum erstenmal ausfuhr, in dem Augenblick, wo der Wagen von der Freitreppe abfuhr, erschien, ein Gendarm im Hofe und fragte nach Graf Paz. Thaddäus, der vorn auf der Kalesche saß, drehte sich um, nahm einen Brief mit dem Siegel des Ministeriums des Äußeren in Empfang und steckte ihn in die Rocktasche. Die Art, wie dies geschah, hinderte Clementine und Adam, mit ihm davon zu sprechen. Man kann den Leuten der guten Gesellschaft nicht abstreiten, daß sie die stumme Sprache verstehen. Trotzdem machte Adam, als sie an der Porte Maillot ankamen, sich die Vorrechte eines Genesenden zunutze, dessen Launen befriedigt werden wollen, und sagte zu Thaddäus:

»Unter zwei Brüdern, die sich so lieben wie wir, gibt es keine Heimlichkeiten. Du weißt, was in der Nachricht steht. Sag' es mir, ich brenne vor Neugier.«

Clementine blickte Thaddäus schmollend an und sagte zu ihrem Gatten:

»Er schmollt seit zwei Monaten derart mit mir, daß ich mich hüten würde, in ihn zu dringen.«

»Oh, mein Gott,« antwortete Thaddäus, »da ich nicht hindern kann, daß es in die Zeitungen kommt, will ich Ihnen das Geheimnis verraten. Kaiser Nikolaus erweist mir die Gnade, mich zum Kapitän in einem Regiment zu ernennen, das zum Feldzug nach Chiva ausrücken soll.«

»Und du gehst hin?«

»Ich gehe, mein Lieber. Als Kapitän bin ich gekommen, als Kapitän gehe ich. ... Malaga könnte mich auf Torheiten bringen. Morgen speisen wir zum letzten Male zusammen. Reise ich nicht im September nach Petersburg, so müßte ich den Landweg nehmen, und ich bin nicht reich. Ich muß Malaga ihr bescheidenes Auskommen lassen. Wie sollte ich auch nicht für die Zukunft der einzigen Frau sorgen, die mich verstanden hat? Malaga findet mich groß! Malaga findet mich schön! Malaga ist mir vielleicht untreu, aber sie spränge...«

»Für Sie durch den Reifen und fiele richtig auf ihr Pferd zurück,« ergänzte Clementine spitz. »Oh! Sie kennen Malaga nicht,« sagte der Kapitän mit tiefer Bitterkeit und einem ironischen Blick, der Clementine träumerisch und unruhig machte. »Lebt wohl, junge Bäume des schönen Bois de Boulogne, in dem die Pariserinnen lustwandeln und die Verbannten, die hier ein neues Vaterland finden. Ich bin sicher, meine Augen werden die grünen Bäume der Allée de Mademoiselle und der Route des Dames nicht wiedersehen, noch die Akazien und Zedern der Rondelle. – Am Saum Asiens werde ich den Plänen des großen Zaren gehorchen, den ich mir zum Herrn wünschte. Und wenn ich es durch Tapferkeit vielleicht zum Heerführer gebracht, wenn ich mein Leben solange aufs Spiel gesetzt habe, werde ich mich vielleicht nach den Champs Elysées zurücksehnen, wo ich einmal an Ihrer Seite ritt. Kurz, stets werde ich die Härte Malagas beklagen, Malagas, von der ich in diesem Augenblick rede.«

Er sagte es in einer Weise, die Clementine erschaudern ließ.

»Sie lieben also Malaga sehr?« fragte sie.

»Ich habe ihr die Ehre geopfert, die wir nie opfern...«

»Welche denn?«

»Die Ehre, die wir um jeden Preis in den Augen unsres Idols behalten wollen.«

Nach dieser Antwort hüllte Thaddäus sich in undurchdringliches Schweigen. Er brach es nur, als sie durch die Champs Elyseés fuhren. Da wies er auf ein weißes Gebäude und sagte:

»Da, der Zirkus!«

Kurz vor dem Mittagessen ging er zur russischen Botschaft, dann zum Ministerium des Äußeren, und am Morgen reiste er nach Le Havre ab, bevor Adam und die Gräfin aufgestanden waren.

»Ich verliere einen Freund,« sagte Adam mit Tränen im Blick, als er die Abreise des Grafen Paz erfuhr, »einen Freund im wahrsten Sinne des Wortes, und ich weiß nicht, was ihn bewegen kann, mein Haus wie die Pest zu fliehen. Wir sind doch keine Freunde, die sich wegen einer Frau entzweien,« sagte er, Clementine fest anblickend. »Und doch! alles, was er gestern von Malaga sagte ... Aber er hat das Mädchen ja nie angerührt...«

»Woher weißt du das?« fragte Clementine.

»Ich habe natürlich die Neugier gehabt, Fräulein Turquet zu sehen, und dem armen Mädchen ist die völlige Zurückhaltung von Thaddäus noch immer unerklärlich ...«

»Genug,« sagte die Gräfin und zog sich zurück. Dann sagte sie sich: »Sollte ich das Opfer eines erhabenen Betruges sein?«

Kaum hatte sie diesen Gedanken vollendet, als Konstantin ihr den folgenden Brief brachte, den Thaddäus in der Nacht hingekritzelt hatte.

»Gräfin, sich im Kaukasus totschießen zu lassen und Ihre Verachtung mitzunehmen, ist zuviel. Man muß ganz sterben. Ich habe Sie verehrt, als ich Sie das erstemal sah, wie man eine Frau verehrt, die man ewig liebt, selbst nach ihrer Untreue, ich, Schuldner Adams, der Sie erwählt hatte und den Sie heirateten, ich, der Arme, ich, der freiwillige, ergebene Verwalter Ihres Hauses. In diesem furchtbaren

Unglück fand ich das köstlichste Leben. Bei Ihnen ein unentbehrliches Werkzeug zu sein, zu Ihrem Luxus, Ihrem Wohlstand beitragen zu können, das war eine Quelle des Genusses. Wenn dieser Genuß in meiner Seele schon lebhaft war, soweit er Adam betraf, so ermessen Sie, wie hoch er wurde, als eine angebetete Frau seine Ursache und Wirkung war! Ich habe die Wonnen der Mutterschaft in der Liebe erfahren: ich nahm das Leben so hin. Wie die Bettler auf den Landstraßen hatte ich mir eine Steinhütte am Rand Ihres schönen Gutes gebaut, ohne Ihnen die Hand zu reichen. Arm und unglücklich, durch Adams Glück geblendet, war ich doch der Gebende. Ach, Sie waren von einer Liebe umgeben, die rein wie die eines Engels war. Sie wachte, wenn Sie schliefen, liebkoste Sie mit den Blicken, wenn Sie vorübergingen, war glücklich zu leben. Kurz, Sie waren die heimatliche Sonne des armen Verbannten, der Ihnen im Gedenken an dies Glück der ersten Zeiten mit tränenden Augen schreibt.

»Als Achtzehnjähriger, ungeliebt, machte ich eine schöne Frau in Warschau zu meiner idealen Geliebten. Ihr galt mein Denken und Sehnen; sie war die Königin meiner Tage und Nächte! Diese Frau wußte nichts, aber warum es ihr sagen?... Ich liebte meine Liebe. Ermessen Sie aus diesem Jugendabenteuer, wie glücklich ich war, in Ihrer Atmosphäre zu leben, Ihr Pferd zu pflegen, ganz neue Goldstücke für Ihre Börse auszusuchen, für den Glanz Ihrer Tafel und Ihrer Gesellschaften zu sorgen und größere Vermögen als das Ihre durch meine Geschicklichkeit zu überstrahlen. Mit welchem Eifer stürzte ich in die Stadt, wenn Adam sagte: ›Thaddäus, sie will das und das.‹ Das war ein unsägliches Glück. Sie wollten in einer bestimmten Frist Kleinigkeiten haben, die mich zu Gewaltanstrengungen nötigten. Ich fuhr sieben Stunden im Wagen umher. Und welche Wonne, für Sie zu gehen! Sah ich Sie lächelnd inmitten Ihrer Blumen, ohne von Ihnen gesehen zu werden, so vergaß ich, daß niemand mich liebte... Kurz, ich war damals wieder achtzehn Jahre alt. An manchen Tagen, wo mein Glück mich berauschte, ging ich des Nachts an die Stelle, wo Ihre Füße für mich leuchtende Spuren hinterlassen hatten, und küßte sie, wie ich einst Diebskünste gebraucht hatte, um den Schlüssel zu küssen, den die Gräfin Ladislas berührt hatte, als sie eine Tür öffnete. Die Luft, die Sie atmeten, war balsamisch; sie einzuatmen, verlieh mir stärkeres Leben; ich war, wie man es in den Tropen sein soll, von einer Wolke schöpferischer Kräfte umgeben. »Ich muß Ihnen das alles gestehen, um Ihnen den seltsamen Dünkel meiner ungewollten Gedanken zu erklären. Ich wäre lieber gestorben, als Ihnen mein Geheimnis zu verraten! Sie müssen sich der wenigen Tage der Neugier entsinnen, als Sie den Urheber der Wunder sehen wollten, die Ihnen schließlich auffallen mußten. Ich glaubte, verzeihen Sie mir, ich glaubte, daß Sie mich lieben könnten. Ihr Wohlwollen, Ihre von einem Verliebten gedeuteten Blicke schienen mir so gefährlich für mich, daß ich mir Malaga zulegte, denn ich wußte, daß es Beziehungen gibt, die die Frauen nie verzeihen. Ich legte sie mir in dem Augenblick zu, wo ich sah, daß meine Liebe notgedrungen Gegenliebe erzeugte. Überschütten Sie mich nun mit der Verachtung, die Sie mit vollen Händen über mich ausgeschüttet haben, ohne daß ich sie verdiente.

»Aber das glaube ich gewiß: hätte ich Ihnen an dem Abend, da Ihre Tante den Grafen mit sich nahm, das gesagt, was ich Ihnen hier schreibe, wäre es einmal ausgesprochen worden, so wäre ich wie der gezähmte Tiger gewesen, der seine Zähne wieder in frisches Fleisch schlägt, der die Wärme des Blutes fühlt und ...

Mitternacht.

»Ich konnte nicht weiterschreiben. Die Erinnerung an jenen Abend ist noch zu lebendig! Ja, damals hatte ich das Delirium. In Ihren Augen leuchtete Hoffnung. Die rote Flagge des Sieges hätte in den meinen geglänzt und die Ihren entzündet. Mein Verbrechen war, das alles zu denken, vielleicht zu Unrecht. Sie allein sind Richterin jener furchtbaren Szene, in der ich Liebe, Verlangen, die unbezwinglichsten Menschenkräfte, mit der eisigen Hand ewiger Dankbarkeit ersticken mußte. Ihre furchtbare Verachtung war meine Strafe. Sie haben mir bewiesen, daß man Ekel und Verachtung nicht überwindet. Ich liebe Sie wie ein Wahnsinniger. Nach Adams Tod hätte ich fortgemußt: nach Adams Wiederherstellung muß ich es erst recht. Man entreißt seinen Freund nicht den Armen des Todes, um ihn zu betrügen. Zudem ist meine Abreise die Strafe für meinen Gedanken, ihn sterben zu lassen, als die Ärzte mir sagten, daß sein Leben in der Hand seiner Pfleger läge. Leben Sie wohl, Gräfin. Indem ich Paris verlasse, verliere ich alles. Sie verlieren nichts, wenn Sie nicht mehr in Ihrer Nähe haben

Ihren ergebenen

Thaddäus Paç.«

»Wenn mein armer Adam sagt, er hätte einen Freund verloren, was habe ich dann verloren?« fragte sich Clementine niedergeschmettert und die Augen auf eine Blume in ihrem Teppich geheftet. Folgenden Brief übergab Konstantin heimlich dem Grafen:

> »Lieber Mizislas, Malaga hat mir alles gesagt. Im Namen Deines Glückes möge Dir Clementine gegenüber nie ein Wort über Deine Besuche bei der Kunstreiterin entschlüpfen! Laß sie stets in dem Glauben, daß Malaga mich 100 000 Franken gekostet hat. Die Gräfin würde Dir bei ihrem Charakter nie Deine Verluste im Spiel und Deine Besuche bei Malaga verzeihen. Ich gehe nicht nach Chiva, sondern in den Kaukasus. Ich habe den Spleen, und so, wie ich es treiben werde, bin ich in drei Jahren Fürst Paz oder tot. Leb wohl. Obgleich ich 60 000 Franken bei Rothschild abgehoben habe, sind wir quitt.
>
> Thaddäus.«

»Tor, der ich bin! Fast hätte ich mich eben verraten!« sagte sich Adam.

Nun ist Thaddäus schon drei Jahre fort und die Zeitungen melden noch nichts vom Fürsten Paz. Gräfin Laginska nimmt den lebhaftesten Anteil an den Unternehmungen des Zaren Nikolaus. Sie ist im Herzen Russin und verschlingt alle Nachrichten aus jenem Lande. Ein- bis zweimal im Winter fragt sie den Botschafter scheinbar gleichgültig:

»Wissen Sie, was aus unserem armen Grafen Paz geworden ist?«

Ach, die Mehrzahl der Pariserinnen, diese angeblich so scharfsichtigen und geistreichen Geschöpfe, werden stets an einem Paz vorübergehen, ohne ihn zu bemerken. Ja, mehr als ein Paz wird verkannt. Aber das Schrecklichste ist: manche werden verkannt, auch wenn sie geliebt werden! Auch die schlichteste Frau verlangt von dem größten Manne noch etwas Schauspielerei, und die schönste Liebe gilt nichts, wenn sie natürlich ist. Sie bedarf der Inszenierung und Einfassung.

Im Januar 1842 flößte die Gräfin Laginska im Schmuck ihrer sanften Schwermut dem Grafen de la Palférine, einem der abenteuerlustigsten Löwen der jetzigen Pariser Gesellschaft, eine wütende Leidenschaft ein. La Palférine begriff, wie schwer die Eroberung einer Frau ist, deren Hüter ein Traum ist. Um diese reizende Frau zu gewinnen, rechnete er auf eine Überraschung und auf die Ergebenheit einer Frau, die auf Clementine etwas eifersüchtig war und sich dazu hergeben sollte, den Zufall bei dieser Überraschung zu spielen.

Bei all ihrem Geist war Gräfin Laginska unfähig, einen derartigen Verrat zu ahnen. Sie beging also die Unklugheit, mit dieser sogenannten Freundin auf den Maskenball in der Oper zu gehen. Als La Palférine alle seine Verführungskünste bei ihr aufgeboten hatte, ließ sich Clementine um drei Uhr morgens in dem Rauschzustande des Balles zu einem Souper einladen und wollte eben den Wagen der falschen Freundin besteigen. In diesem kritischen Augenblick wurde sie von kräftigen Armen gepackt und trotz ihres Schreiens in ihren eignen Wagen getragen, dessen Tür offen stand und den sie nicht bestellt hatte.

»Er hat Paris nicht verlassen!« rief sie aus, indem sie Thaddäus erkannte, der das Weite suchte, als er die Gräfin in ihrem Wagen davonfahren sah. Hat je eine Frau in ihrem Leben einen solchen Roman erlebt?

Stündlich hofft Clementine, Paz wiederzusehen.

Über tredition

Eigenes Buch veröffentlichen

tredition wurde 2006 in Hamburg gegründet und hat seither mehrere tausend Buchtitel veröffentlicht. Autoren veröffentlichen in wenigen leichten Schritten gedruckte Bücher, e-Books und audio-Books. tredition hat das Ziel, die beste und fairste Veröffentlichungsmöglichkeit für Autoren zu bieten.

tredition wurde mit der Erkenntnis gegründet, dass nur etwa jedes 200. bei Verlagen eingereichte Manuskript veröffentlicht wird. Dabei hat jedes Buch seinen Markt, also seine Leser. tredition sorgt dafür, dass für jedes Buch die Leserschaft auch erreicht wird.

Im einzigartigen Literatur-Netzwerk von tredition bieten zahlreiche Literatur-Partner (das sind Lektoren, Übersetzer, Hörbuchsprecher und Illustratoren) ihre Dienstleistung an, um Manuskripte zu verbessern oder die Vielfalt zu erhöhen. Autoren vereinbaren direkt mit den Literatur-Partnern die Konditionen ihrer Zusammenarbeit und partizipieren gemeinsam am Erfolg des Buches.

Das gesamte Verlagsprogramm von tredition ist bei allen stationären Buchhandlungen und Online-Buchhändlern wie z. B. Amazon erhältlich. e-Books stehen bei den führenden Online-Portalen (z. B. iBookstore von Apple oder Kindle von Amazon) zum Verkauf.

Einfach leicht ein Buch veröffentlichen: **www.tredition.de**

Eigene Buchreihe oder eigenen Verlag gründen

Seit 2009 bietet tredition sein Verlagskonzept auch als sogenanntes "White-Label" an. Das bedeutet, dass andere Unternehmen, Institutionen und Personen risikofrei und unkompliziert selbst zum Herausgeber von Büchern und Buchreihen unter eigener Marke werden können. tredition übernimmt dabei das komplette Herstellungs- und Distributionsrisiko.

Zahlreiche Zeitschriften-, Zeitungs- und Buchverlage, Universitäten, Forschungseinrichtungen u.v.m. nutzen diese Dienstleistung von tredition, um unter eigener Marke ohne Risiko Bücher zu verlegen.

Alle Informationen im Internet: **www.tredition.de/fuer-verlage**

tredition wurde mit mehreren Innovationspreisen ausgezeichnet, u. a. mit dem Webfuture Award und dem Innovationspreis der Buch Digitale.

tredition ist Mitglied im Börsenverein des Deutschen Buchhandels.

Dieses Werk elektronisch lesen

Dieses Werk ist Teil der Gutenberg-DE Edition DVD. Diese enthält das komplette Archiv des Projekt Gutenberg-DE. Die DVD ist im Internet erhältlich auf **http://gutenbergshop.abc.de**

FSC
www.fsc.org
MIX
Papier | Fördert
gute Waldnutzung
FSC® C083411

Zeitfracht Medien GmbH
Ferdinand-Jühlke-Straße 7
99095 Erfurt, Deutschland
produktsicherheit@kolibri360.de